interdire provisoirement la sonnerie. Le Curé devra se conformer à cette interdiction et en prévenir l'Evêque.

ART. 9

Les cloches ne pourront être sonnées pour aucune autre cause que celles ci—dessus prévues, sans qu'il en ait été référé par le Maire au Préfet, par l'intermédiaire du sous—Préfet, et par le Curé à l'Evêque, et sans qu'il soit intervenu une décision des deux autorités supérieures qui se concerteront à cet effet.

ART. 10

Toute disposition contraire au présent règlement est et demeure abrogée.

LE SONGE

In-12 2me Série

La reine Flora.

LE SONGE

ou

VOYAGE AÉRIEN

PAR

EDME ROUSSEAU

LIMOGES

Marc BARBOU et Cie, Imprimeurs-Libraires

Rue Puy-Vieille-Monnaie

Je livre ce nouvel ouvrage à l'impression, parce que je le considère comme une suite de mon ouvrage sur la grandeur des œuvres de Dieu, des beautés et des merveilles de la nature, et dans lequel je n'ai parlé, en quelque sorte, que du globe que nous habitons; mais je n'ai dit que fort peu de chose de ce que nous voyons de si loin rouler, tourner et circuler dans le zodiaque; j'ai pensé qu'une description

des astres pourrait servir de complément à l'ouvrage
de la grandeur des œuvres de Dieu; cette idée me
sourit d'abord, puis je fus effrayé des grandes diffi
cultés que j'aurais à vaincre; mais les grandes diffi.
cultés ne m'arrêtèrent pas, c'était en moi une diopa
thie, une inclination qui me ramenait sans cesse vers
le désir de connaître tous les astres, grands et petits,
que je voyais dans l'immensité; sans doute des sa-
vants astronomes nous en ont donné la description,
mais beaucoup de ces descriptions ne sont basées
que sur l'apparence, et je désirais ardemment connaître la réalité; mais comment parvenir à connaître
cette réalité. Ici mon embarras augmenta à tel point
que je fus presque découragé; cependant mon idio-
pathie ne s'affaiblissait point; je pensais, jour et nuit,
comment je pourrais parvenir à cette réalité : je pensais, qu'il n'y avait pas d'autre moyen à employer
que celui des ballons que j'ai inventés et avec lesquels on peut naviguer dans les airs sans courir aucun danger; mais pensais-je, quand j'arriverai dans
une planète, comment y serai-je reçu, s'il est vrai,
comme on le dit, qu'elles sont toutes habitées et que
le soleil même à ses habitants; toutes ces réflexions occupaient continuellement ma pensée et puis

une autre difficulté fort importante se présentait :
comment ferais-je vivre une terre inconnue ? Je ne
suis pas géophage ; je pensai alors à remplir la na-
celle d'un des petits aérostats de transports, de vivres,
d'eau, et de tout ce que je croirais nécessaire à un
voyage de plusieurs millions de lieues ; on voyage
vite par la voie des airs, et cette réflexion m'encou-
ragea un peu ; mais une autre difficulté se présenta,
c'était d'aller visiter des globes ou terre dont je ne
connais pas les habitants plus qu'ils ne me connaissent ; comment recevraient-ils un être dont ils
n'ont, sans aucun doute, aucune idée ; si c'est en
ennemi, ma position deviendrait fort embarrassante ;
comment me défendre seul contre la foule que la
curiosité d'un spectacle aussi nouveau pour eux atti-
rerait peut-être pour m'insulter et me maltraiter ;
par précaution, et par prudence, deux choses essen-
tielles aux voyageurs, je pensais à remplir une des
nacelles de aérostats de transport, d'armes et de
munitions, afin de me préparer à la défense, lorsque
j'approcherais des planètes que je voulais visiter.
Voici l'itinéraire que j'avais l'intention de suivre : la
Lune, Vénus, Mercure, Iris, Flore, Parthénope, et
le Soleil.

1.

J'étais fort préoccupé du voyage que je projetais et dans lequel j'entrevoyais toujours beaucoup de difficultés qui me paraissaient insurmontables? mais qui ne tardèrent pas à disparaître entièrement comme on va le voir : un beau génie veillait sur moi. Par une belle journée de mois de juin, l'atmosphère était chaude, l'air était embaumé du parfum que les fleurs odoriférantes répandaient au loin ; Flore avait triomphé du froid hiver, et parait nos jardins, en leur prodiguant ses dons. Zéphir avait succédé aux froids aquilons, on respirait un air doux et tiède ; le corps s'abandonnait à une molle nonchalance, et la pensée flottait, s'adonnant à une douce rêverie; on goûtait un bien être qui fait aimer la vie. Après mon dîner, l'air était rafraîchi, le coucher du soleil me rappelait ceux que j'ai tant admirés en Amérique; je descendis pour aller me promener dans le petit bois qui est à vingt pas de la maison que j'habite et, comme la chaleur du jour m'avait un peu fatigué, je m'assis sur un canapé de gazon, et je m'y étendis avec délices. Je ne tardai pas à tomber dans la rêverie, en contemplant le firmament, qui bientôt serait parsemé d'astres que depuis longtemps je désirais connaître de près ; mais comment faire pour aller les

visiter ; j'y voyais de l'impossibilité, j'y rêvais toujours dans ce moment plus que jamais. Mes rêveries
me firent tomber dans une torpeur qui engourdit mes
sens, et je m'endormis. Je fis un songe qui est encore présent à ma mémoire, le voici :

Je me sentis enlever dans les airs ; comment et
par qui, je ne le savais pas, et je m'en inquiétais
peu, car je me trouvais bien ; j'étais comme bercé
par une main invisible, et je tombai dans une som-
nolence, de laquelle je fus bientôt tiré par le froid
que j'éprouvais ; j'ai su depuis que j'étais alors dans
les hautes régions de l'atmosphère, qui sont froides
et humides ; je fis quelques mouvements, et je me
sentis couvrir d'une étoffe chaude et légère, et une
douce voix me dit :

— Ne craignez rien, vous êtes sous ma garde, je
suis votre bon génie, et je suis chargé de vous conduire partout où vous voudrez aller, et de vous y
protéger ; tel est l'ordre que j'ai reçu de Zadir, notre
chef.

— Ah ! lui dis-je, vous me comblez de joie ; comment pourrai-je reconnaître vos soins et votre dévouement ?

— Vous ne me devez rien, me répondit-il; Zadir a pour vous de l'affection, de la tendresse même, et dans tout ce que je ferai pour vous, ce n'est qu'à Zadir que vous le devez; quant à moi, je ne fais qu'exécuter ses ordres, que je remplis avec plaisir.

— Mais, au moins, lui dis-je, permetez-moi de vous serrer la main, en signe de reconnaissance; tendez-la moi, car je vous entends, mais je ne vous vois pas; vous êtes invisible à mes yeux.

— Je l'y serai toujours, me répondit-il; mais dans les cas ou vous auriez besoin de moi, prononcez trois fois à voix haute Za, Za, Za, et aussitôt je serai près de vous. Maintenant où voulez-vous aller ?

— Je désirerais commencer mon voyage par la Lune, lui répondis-je.

— Très-bien, dit-il, vous y serez dans quelques minutes, car elle n'est éloignée de la terre que de quatre-vingt-treize mille lieues.

— Je restai tout ébahi de l'entendre parler ainsi; mais je pensai que sa course était probablement aussi rapide que celle de la lumière qui parcourt soixante-dix-sept mille lieues par seconde; nous partîmes, et peu d'instants après notre départ, nous arrivions à la Lune, planète qui est soixante fois plus petite que la terre. Mon arrivée sur cette planète produisit un effet extraordinaire sur les habitants ; je dis mon arrivée, car on ne voyait pas Za (c'était le nom de mon génie), puisqu'il était invisible ; cette nouvelle se propagea, avec rapidité, car pour eux c'était un phénomène, et bientôt une foule nombreuse des habitants accoururent pour me voir ; mais je ne vis rien d'hostile dans leurs manières ; ils ne voyaient sans doute en moi qu'un être de leur espèce et qui ne différait que par le costume ; je le pensai ainsi, et je ne fis aucun préparatif de défense puisqu'on ne m'attaquait pas, et, qu'au contraire, j'en espérais un favorable accueil. J'en avais bien jugé : bientôt je vis déboucher de toutes parts une foule innombrable de curieux, au milieu desquels je pus distinguer des personnages de haut rang, j'en jugeai ainsi à leur brillante escorte. Plusieurs de ces personnages étaient montés sur des petits chevaux, d'autres étaient portés sur des espèces de palanquins.

Lorsqu'ils furent arrivés près de moi, un des grands

personnages s'approcha et me demanda qui j'étais,
d'où je venais et ce qui m'amenait dans leur pays.
Za, en me quittant, m'avait laissé le don de comprendre tous les idiomes parlés dans les planètes
que je voulais visiter, ce qu'il fit d'après l'ordre que
lui avait donné son chef, Zadir ; je pus donc répondre à ce grand personnage, qui parut fort satisfait
de mes réponses, et il se retira, suivi de son escorte.

Une heure environ après cette visite, j'en reçus
une autre plus importante, c'était celle d'un ambas-
sadeur ou ministre du roi Dirzali, qui me l'adressait
pour m'engager à accepter un appartement dans son
palais ; j'acceptai son offre avec empressement parce
que j'y voyais le grand moyen d'être respecté dans
le pays dont le roi Dirzali était le souverain, et obtenir plus facilement tous les renseignements que je
désirais recueillir ; je partis donc avec le ministre,
et en moins d'une heure nous arrivâmes au palais
du roi, situé au centre de la ville d'Enul, capital du
royaume. Pendant le petit voyage que j'avais fais
avec le ministre, je l'avais prié de m'instruire du
cérémonial qu'il fallait observer lorsqu'il me présen-
terait au roi. Il me dit : En entrant dans la salle du

trône, vous ferez trois génuflexions, puis vous vous approcherez du roi, qui vous attendra, assis sur son trône ; vous vous prosternerez à ses pieds, et resterez dans cette posture jusqu'à ce qu'il vous dise : Alzali; alors vous vous lèverez, et le roi vous présentera sa main, que vous poserez sur votre tête, et qu'ensuite vous baiserez respectueusement.

Le cérémonial achevé, le roi vous invitera à dîner à sa table, autour de laquelle sont des espèces de lits avec des coussins sur lesquels vous vous appuierez et vous étendrez ; puis, après le repas, on vous fera passer dans une pièce voisine, qui est la salle du dessert, auquel assistent la reine Dirzali et la mère de la reine, qu'on appelle Douri. La présentation se fait ainsi, et alors vous êtes reconnu pour un des hôtes du palais, parce que les chevaux et les litières de la cour seront à votre disposition. Je le remerciai de ses bons offices, et il me dit qu'il était heureux d'avoir pu m'être utile.

Le début de mon voyage commençait sous d'heureux auspices, car, dès le premier jour de mon arrivée, j'avais acquis des amis puissants; la bonté du roi, la sympathie que semblait me porter le minis-

tre, assuraient ma tranquillité pendant le séjour que
je ferais sur cette planète, où les habitants sont gé-
néralement bons. Leur taille est un peu moindre que
la nôtre; les femmes y sont assez bien, quoiqu'un
peu joufflues et un peu trop grosses en certaine partie du corps, ce qui provient peut-être de ce qu'elles
sont habitants de la Lune, car, sous certains rapports, elles tiennent un peu de Vénus hottentote; ce
qui serait une difformité chez nous, est une beauté
chez les habitants de la Lune; tout est pour le
mieux.

Je profitai du privilége que me donnait mon titre
d'hôte du palais, et je demandai qu'on me donnât un
véhicule quelconque et un conducteur pour aller visiter le pays; on m'amene une espèce de litière, portée par deux petits chevaux et je partis.

21

Le pays de la lune est très-montueux et très-montagneux; j'y vis des montagnes d'une hauteur considérable, très-escarpées et terminées à pic; on y voit des rochers d'une énorme grosseur, et des précipices d'une grande profondeur, ce qui est cause, sans doute, que l'on croit voir des yeux un nez et une bouche à la Lune; cet effet qu'elle produit à nos yeux, quand on la regarde de la Terre, ne provient que des parties qui sont éclairées par le Soleil et de celles qui, étant privées de sa lumière, forment les ombres, et ces ombres même proviennent peut-être des cavités profondes qui ne reçoivent aucune lumière; outre ces cavités, il y a aussi les mers, les golfes, les lacs et les rivières, qui ne peuvent transmettre aucune lumière; elles peuvent donc être mises au rang des ombres; et, par une bizarrerie de la nature, ces différentes parties donnent à la Lune, vue de notre Terre, l'apparence de la face humaine.

Ne voyant rien de fort remarquable dans la partie du royaume que je visitais, je remontai dans ma litière, et je continuai mon voyage sur un chemin moins raboteux. Le pays était assez beau, mais monotone; pour moi je ne voyais que des choses semblables ou à peu près aux choses de la Terre; la végétation était belle, les arbres étaient beaux; les uns étaient couverts de fleurs, d'autres de fruits encore verts, quelques oiseaux animaient un peu le paysage, quelques habitants paisibles s'occupaient à des travaux rustiques, d'autres faisaient paître des troupeaux de petits animaux qui avaient quelque analogie avec nos moutons, et d'autres animaux plus gros, qui n'avaient aucune ressemblance avec les nôtres;

je ne voyais donc rien qui pût m'intéresser ni me distraire de l'ennui que je commençais à éprouver, et je résolus de continuer mon grand voyage. Alors je dis à mon conducteur de me reconduire à Enul, d'où je partirais pour visiter la planète de Vénus, où j'espérais trouver d'agréables distractions. Nous partîmes, et, le soir, je couchai à Enul, dans mon appartement. Avant de me coucher, je reçus la visite du ministre, et je lui annonçai mon prochain départ; mais comme dans la Lun il fait encore jour quand il fait nuit close chez nous, je demandai au ministre s'il me serait possible d'aller prendre congé du roi; il me répondit affirmativement, et je le suivis chez le roi, en observant le même cérémonial que j'avais suivi à mon arrivée près de lui; j'y ajoutai mes remereîments pour le royal accueil qu'il m'avait fait et lui dis que je partais pénétré de ses bontés pour moi.

La cérémonie terminée, je rentrai dans mon appartement, je fis mes préparatifs. La nuit étant arrivée, et, pressé de partir, je criai Za, Za, Za. Mon bon génie ne se fit pas attendre, car une voix douce me dit:

— Je sais ce que vous voulez de moi, vous voulez partir?

— Oui, lui répondis-je, et aussitôt qu'il vous sera possible.

— A l'instant même, me répondit-il; où voulez vous aller?

— Chez Vénus.

— C'est une chose facile, mais il est déjà tard, et pour jouir de la beauté de cette planète, il serait mieux d'attendre le jour. Reposez-vous cette nuit, et demain matin, avant le lever du soleil, je vous déposerai près Venere, qui est la ville capitale de cette planète.

— Je suivrai votre conseil, lui dis-je; je m'abandonne entièrement à vous.

— Je me couchai, mais tout habillé, et je dormis d'un sommeil si profond que je ne me sentis pas enlever par mon bon génie, qui, exact à mes promesses, me faisait traverser les airs, dont la fraîcheur me réveilla, et Za, mon bon génie, me dit :

— Nous arriverons dans un instant à Venere; le

Soleil va paraître et éclairer les monuments de cette charmante ville, la plus belle des capitales de toutes les planètes. Le Soleil se lève et l'éclaire : regardez et jugez.

Je regardai et restai en extase et muet d'étonnement, en contemplant toutes les belles choses qui s'offraient à moi ; j'étais dans l'enchantement ; lorsque Za crut que mon admiration, ma curiosité, étaient satisfaites, il me dit :

— Je vais maintenant vous déposer dans le joli kiosque que vous devez apercevoir d'ici, près duquel sont des groupes de jeunes filles légèrement vêtues de blanc ; les unes chantent, les autres jouent de divers instruments ; les autres dansent ; ces jeunes et charmantes jeunes filles sont les filles d'honneur de la reine Vénusté, ainsi nommée à cause de ses grâces, de sa beauté et de l'agrément de son esprit. Les filles de la reine sont assez curieuses, elles ne tarderont pas à vous voir dans le kiosque et s'empresseront d'en prévenir la reine, qui viendra vous visiter ; tout cela arrivera comme je vous le prédis, et ce sera bientôt ; je ne vous quitterai pas, quoique toujours invisible. Ne vous effrayez de rien, quoiqu'il puisse arriver, je serai toujours près de vous pour vous protéger et pour vous défendre, en cas de besoin.

En effet, j'entendis bientôt une musique douce et pleine d'harmonie qui remplit mon cœur d'une vive émotion ; je courus à la croisée du kiosque, et je vis un cortége nombreux qui s'approchait, précédé de personnages richement vêtus ; ils étaient suivis de jeunes filles dont la physionomie respirait le plaisir et la volupté ; elles entouraient un palanquin sur lequel était assise une femme d'une grande beauté ; elle avait auprès d'elle un jeune enfant entièrement nu ; il était couronné de différentes fleurs qui se mariaient parfaitement avec les boucles de ses blonds cheveux ; il avait des ailes attachées à ses épaules et portait un carquois rempli de flèches ; il tenait un arc de sa main gauche ; c'était le fils de la reine Vénusté ; le cortége s'arrêta à la porte du kiosque où j'étais : un des grands personnages s'en approcha, et j'y courus pour le recevoir ; il entra et s'assit sur le sopha ; il me dit qu'il venait, par l'ordre de la reine, pour s'informer qui j'étais et pour quel motif j'étais venu dans ses états? Je satisfis à toutes ses questions, et il partit pour en rendre compte à la reine, qui peu après descendit de son palanquin, à la porte de mon kiosque; je m'elançai a sa rencontre, et je la reçus avec toutes les marques du respect dues à son rang; elle prit place sur le sopha, et me fit l'honneur de m'inviter à m'asseoir auprès d'elle, j'étais ravi d'admiration auprès de cette reine si belle, si bonne et si remplie de grâces! elle s'aperçut de mon ravissement, et elle y mit le comble en m'engageant a aller habiter son palais, offre que j'acceptai avec bonheur; car j'allais avoir à ma disposition tous les moyens de visiter cette planète, de connaître les usages et les mœurs de ses habitants; cependant une pensée traversa mon esprit et rembrunit un peu ce brillant rêve de bonheur! Honoré comme j'allais l'être des bontés de la reine, ne deviendrais-je pas un objet de jalousie et d'envie pour les grands personnages qui sont auprès d'elle? Ne serais-je pas en butte à la haine, à la calomnie et aux dangers qui en résulteraient? Ces pensées assombrirent mon esprit quand une voix douce me dit :

— Rassurez-vous, ne craignez pas la haine; quant à la calomnie, l'homme de bien ne doit pas la craindre; le témoignage de sa conscience doit lui suffire. Ne vous tourmentez pas; Zadir vous a mis sous ma protection, et je remplirai ma mission.

Je partis donc avec Za, qui me transporta, sans
que je puisse dire comment, à la porte du palais,
dans lequel, j'entrai : un homme parut subitement
qui excita la curiosité, et plusieurs personnes s'approchèrent de moi ; parmi ces personnages je recon-
nus celui qui était venu à mon kiosque ; je le
priai de me présenter à la reine, ce qu'il fit avec
plaisir.

J'abordai Vénusté avec tous les signes extérieurs
d'un profond respect; elle m'accueillit gracieusement,
sans autre cérémonial ; nous étions seuls et elle me
dit avec cette bonté qui la caractérise.

— Je vous attendais, et je vous ai fait préparer
un appartement dans mon palais, où vous trouverez
tout ce qui vous sera nécessaire et tout ce qui pourra
vous être agréable, je l'espère ; pour vos repas, on
vous servira dans votre appartement jusqu'à nouvel
ordre. Mon appartement communique avec le vôtre
par un passage secret, et j'irai vous voir afin de
m'instruire près de vous de beaucoup de choses
que j'ignore, mais que vous devez connaître, car il
faut que vous ayez autant de science que de courage.

pour être parvenu à pénétrer dans ce pays où jamais aucun homme étranger n'avait paru.

Je la remerciai de la confiance qu'elle me témoignait et lui dit que je serais heureux de pouvoir lui donner des preuves de ma reconnaissance et de mon dévouement; elle me tendit sa main blanche, que je pressai légèrement dans la mienne, et j'eus la hardiesse de la porter à mes lèvres ; elle ne s'en offensa pas, et dès-lors le pur sentiment de l'amitié régnait entre nous.

Lorsque je vis la reine, elle me dit :

— J'ai réfléchi que, pour mettre fin aux trames qui s'ourdissent, vous feriez bien d'aller visiter mon royaume, que vous désirez connaître; un officier vous accompagnera et pourvoira à tout ce dont vous aurez besoin pendant votre voyage. A votre retour tous les bruits se seront apaisés et vous pourrez rester tranquille auprès de moi.

— J'acceptai la proposition que me faisait la reine, et je partis.

III

La campagne était belle, les arbres étaient chargés
de fruits, car il fait chaud sur cette planète, et tout
se ressent de cette influence. J'admirais la beauté
des prairies émaillées de fleurs, les grands arbres à
l'ombre desquels étaient étendus de beaux garçons
auprès de jeunes et jolies filles, qui écoutaient, en
riant, leurs doux propos; je jugeai qu'ils étaient
doux, parce que les couples paraissaient fort animés,

et que leur figure portaient l'empreinte du bonheur.
Tout n'est qu'amour et volupté sur cette planète.
Au commencement de ce voyage tout me parut avoir
beaucoup de rapports avec la Toscane, ensuite je vis
des sites qui ressemblaient beaucoup à ceux que l'on
voit entre Rome et Naples. Tant pour le paysage que
pour la chaleur, il y a beaucoup d'analogie entre la
planète de Vénus et la partie sud de l'Italie et de la
Sicile.

Plus loin, la scène changea, mais n'y perdit rien
de sa beauté ; des montagnes présentaient un magni-
fique aspect de chutes d'eau, des cascades et des
cascatelles, qui me rappelèrent celles de Terni et de
Tivoli. Ces eaux alimentaient un beau lac dans lequel se baignaient de jeunes et jolies filles, de belles
femmes aux purs contours des statues des Phidias
et des Praxitèles ; les unes, en plein soleil, brillaient
de blancheur par la beauté de leur peau ; d'autres
étaient à l'abri du Soleil, garanties par des grands
rochers et par les grands branchages d'arbres qui
sortaient d'entre leurs fissures ; elles y jouissaient
d'une agréable fraîcheur ; elles s'ébattaient dans l'eau
comme des cygnes, et leurs rires et leur grande gaîté
témoignaient de leur bonheur. Plus loin, je vis de

belles collines couvertes d'arbres et d'arbrisseaux ,
parmi lesquelles j'entrevis quelques jolies fabriques
ayant la forme de petits temples ; je supposai qu'ils
étaient dédiés à quelque déité de ce pays ; au détour
d'une de ces collines, j'aperçus un certain nombre
de constructions et quelques édifices ; je jugeai que
c'était une ville, et je le demandai à mon conducteur,
qui me répondit que c'était Cyprine, la seconde ville
du royaume, et la plus belle après la capitale ; je
désirai la voir, et mon conducteur y fit entrer mon
attelage, qui attira beaucoup de curieux ; mais lorsqu'on m'eût aperçu, ce fut bien autre chose ; la nouvelle s'en répandit promptement par toute la ville,
et une foule nombreuse entourait ma litière ; on sut
de mon conducteur qui j'étais, la distinction dont
m'honorait la reine, c'en était assez pour qu'on eût
pour moi les plus grands égards ; aussi je ne tardai
pas à voir arriver le gouverneur de cette ville, qui
m'invita à dîner, et m'offrit un appartement au palais
qu'il habitait ; je le remerciai de sa courtoisie, et
j'acceptai. En attendant l'heure du dîner, je continuai à visiter la ville et le port, qu'on appelait Porto
Venere ; je fus singulièrement surpris à ce nom, qui
est celui d'une petite ville italienne vers le bord du

golfe de la Spézia, entre Gênes et Livourne; comment ce nom était-il parvenu dans la planète de Vénus ? Je ne le sais pas; mon génie Za le sait peut-être, mais je ne voulus pas le déranger pour satisfaire à ma curiosité. A peu de distance du port, je remarquai une petite île dont l'aspect me charma, et j'éprouvai le désir de la visiter. Je le dis à mon conducteur, qui fit approcher une espèce de chaloupe, et en peu de temps, nous arrivâmes à l'île de Cythère, non de l'ancienne île de Cythère, aujourd'hui Cérigo; l'intérieur de cette petite île était charmant; les myrtes toujours verts et les rosiers couverts de roses entouraient un petit temple d'une forme élégante et que je supposai avoir été construit et dédié à la déesse dont cette planète portait le nom.

J'étais confondu d'étonnement. Comment tous ces noms étaient-ils parvenus jusqu'à cette planète ? Comment avaient-ils pu construire ce petit temple qui est conforme à l'architecture grecque ? Je ne pouvais revenir de ma surprise ou plutôt de ma stupéfaction; j'étais donc livré profondément à mes réflexions, lorsque mon conducteur vint me prévenir

qu'il était temps de partir pour la ville, afin de me
rendre à l'invitation du gouverneur. Nous partîmes,
et aussitôt notre arrivée à Cyprine, il me conduisit
au palais du gouverneur, qui me reçut avec distinction ; il me conduisit dans la salle à manger où je
trouvai toutes choses préparées pour le dîner ; autour de cette salle était placé une espèce de grand
canapé sur lequel étaient assises plusieurs femmes
de distinction et toutes d'une beauté ravissante ; celle
qui occupait la première place était madame la gou-
vernante femme du gouverneur ; il me présenta à sa
femme, que je saluai en m'inclinant et en mettant
mes deux mains sur ma tête ; elle répondit à mon
salut en posant deux doigts de sa main droite sur
son front et me tendit sa main gauche, qui était fort
belle ; je la pris et la portai à mon front, selon les
instructions que j'avais reçues de mon conducteur ;
la présentation terminée, un coup de sifflet se fit
entendre, et chaque dame prit sa place autour de
la table, et chacune d'elle se plaça selon son rang ;
les siéges étaient des espèce de tabourets à trois
pieds ; ceux qui avaient un dossier étaient occupés
par les femmes d'un rang supérieur ; le dîner fut
servi ; il était composé de quelques viandes, mais

principalement de gros oiseaux, assez semblables à
des pigeons qui sont fort nombreux dans le pays, de
quelques poissons parmi lesquels figurait le cypriene
poisson dont la chair est fort estimée dans le pays,
et qui a beaucoup de rapports avec notre carpe ; ensuite vinrent les légumes cuits, et d'autres crus
qu'on assaisonnait d'une espèce de crême ou d'un
jus piquant : c'était la salade. On desservit, et une
espèce de dais qui semblait faire partie du plafond
descendit sur la table, et par ce moyen apportait un
dessert fort bien ordonné : il était composé de divers
fruits, de différentes pâtisseries, de compotes et de
confitures.

Pendant le dîner on n'a d'autres boisson que l'eau,
mais, au dessert, on apporta des vases remplis d'une
liqueur spiritueuse quoique douce, et que je bus
avec plaisir ; on en avait rempli la tasse que j'avais
devant moi, car on ne connaît pas le verre dans ce
pays-là ; tous les liquides se boivent dans des vases
de terre fine, espèce de koalin, et qui, à la cuisson,
prennent une transparence presque égale à celle de
notre porcelaine. Après le dîner, on se rendit dans
le jardin sous une tonnelle couverte de verdure et

sous laquelle les rayons du soleil ne pouvaient pénétrer; on y jouissait d'une douce fraîcheur, on y respirait avec bonheur l'air mollement agité d'un doux zéphir; une dame chanta; sa voix était douce et harmonieuse; une autre dame l'accompagna d'un instrument assez semblable à la mandoline, et une autre dame d'une sorte de harpe qu'elle pinçait de ses doigts fins et déliés comme ceux de la Vénus de Médicis; cette agréable soirée se termina par quelques rafraîchissements, que nous apportèrent de jeunes et jolies filles aux formes gracieuses et délicates, comme en sont douées presque toutes les femmes de la planète de Vénus; puis chacun se retira. Le lendemain en m'éveillant, je pensai qu'il était temps de retourner à la capitale auprès de la reine Vénusté; j'espérais que cette absence aurait calmé les esprits jaloux. Vain espoir : J'arrivai près de la reine Vénusté, et je lus dans ses yeux qu'elle me recevait avec plaisir : quand nous fûmes seuls, elle me dit que la plus grande tranquilité régnait depuis mon départ, et qu'elle avait pris les mesures nécessaires pour maintenir l'ordre ; mais, parmi les grands du royaume, je remarquai bien des visages sombres; je ne parus pas m'en apercevoir, je leur

fis des politesses, auxquelles ils répondirent froidement. Enfin je lus sur beaucoup de visages qu'on ne
me revoyais pas avec plaisir; j'en étais persuadé
d'avance, et je ne m'en déconcertai pas ; je ne craignais pas ces hommes, mais je craignais leurs trames secrètes, soit pour me faire assassiner, soit
pour irriter le peuple et le soulever contre moi ; je
me rappelai ce que mon bon génie m'avait dit à ce
sujet, et ne m'en inquiétais plus ; mais je m'attendais à voir éclater quelque complot.

Trois jours après, une foule de gens du peuple se
présentèrent sur la grande place du palais, deman-
dant à grands cris le renvoi de l'étranger, et les chefs
de cette insurrection demandèrent à parler à la reine,
qui permit que trois des principaux chefs fussent introduits ; la reine les reçut dans la salle du trône sur
lequel elle était assise ; elle était pleine de grâce et
de majesté, son trône était entouré de ses gardes ,
dont quelques-uns gardaient l'entrée de la salle pour
empêcher le bruit et qu'on ne commît quelque dé-
sordre ; les trois principaux chefs de l'insurrection
furent introduits, et la reine, se levant de son trône,
leur demanda ce qu'ils voulaient ; mais ces hommes,

éblouis par la majesté de la reine, de la splendeur du trône et de tout ce qui l'entourait, restèrent interdits et ne purent que balbutier qu'ils venaient supplier leur gracieuse souveraine de renvoyer l'étranger.

— Ceux qui vous envoient, leur dit la reine, ne connaissent point cet étranger ; moi, je le connais , et je suis instruite des motifs qui l'ont amené dans mon royaume; ce que je puis vous dire, pour vous témoigner la confiance que j'ai en vous, c'est qu'il n'y est venu que pour vous assurer votre bonheur ! Allez dire à ceux qui vous ont portés à manquer au respect et à la confiance que vous devez à votre souveraine que je ne renverrai pas l'étranger, et que je saurai me faire respecter. Vous êtes les dupes d'intrigants qui ont abusé de votre bonne foi. Allez leur rendre ma réponse, je connais ceux qui vous ont portés à cette démarche offensante. Allez, je vous pardonne et ne pense qu'à vous rendre heureux.

Les trois chefs se retirèrent après avoir juré à la reine dévouement et respect. Peu après leur départ, on entendit sur la place du palais des cris de joie qui étaient provoqués par le récit des trois envoyés, qui

racontaient au peuple la belle et noble réception que
la reine leur avait faite ; mais les nobles personnages
n'étaient pas contents et ourdissaient déjà un nouveau complot : ils voulaient accuser l'étranger de
chercher à s'emparer du trône en devenant leur roi ;
à cet effet, ils soudoyèrent un certain nombre de
gens du peuple pour affirmer, comme témoins dans
le procès qu'ils allaient intenter, que l'étranger leur
avait promis de grandes récompenses s'ils voulaient
s'associer à leur projet, qui était de renverser le
gouvernement de la reine et de le reconnaître pour
leur roi. Les mêmes hommes qui avaient ourdi ce
complot le dénoncèrent au chef de la justice, et je fus
appelé pour comparaître, le troisième jour, au tribunal suprême de la justice. Tous les témoins sou-
doyés furent o' 'zés de comparaître en même temps
que moi devant les juges ; quand la reine apprit que
j'étais traduit devant les juges de la cour criminelle,
elle vint à moi et me dit :

— La nouvelle que je viens d'apprendre est-elle
donc réelle, mon ami ? Vous êtes accusé d'être l'auteur d'un complot contre moi, cela peut-il être possible ? Je ne puis le croire.

— Vous avez raison, ma noble amie, j'en suis incapable, et vous m'avez bien jugé; mais, laissez-les faire, je suis tranquille sur le sujet qui m'oblige à paraître devant les juges. Le jour indiqué, soyez présente à mon jugement, et vous verrez mes calomnia'eurs confondus.

IV

Le jour de mon jugement arriva ; la rumeur était
grande par toute la ville ; on allait, on venait dans
tous les sens : c'était un murmure de voix qui se
confondaient ; le soleil n'éclairait pas de ses rayons
ce jour lugubre, de gros nuages et des nuées annon-
çaient un orage, tout était sombre et triste. La reine
était venue de bonne heure dans mon appartement ;
l'inquiétude l'avait tenue éveillée pendant toute la
nuit,

— Eh bien! mon ami, me dit-elle en entrant tout
en larmes, c'est donc aujourd'hui que vous serez jugé
et peut-être condamné injustement; c'est ce que je
ne permettrai pas; toute ma garde sera au tribunal
et prête à obéir à mon premier signal.

— Je vous remercie, ma reine, ma bonne amie !
mais, comme je vous l'ai déjà dit, laissez-les faire;
je serai condamné, sans aucun doute, mais jurez-
moi que vous resterez tranquille spectatrice de tout
ce qui m'arrivera, car c'est alors que vous me connaîtrez mieux et que vous serez assurée de ma parfaite innocence.

— Je vous le jure, me dit-elle ; je vous vois si plein
de confiance, que mes craintes s'affaiblissent et que
vous ranimez mon courage.

— Je serai condamné comme je vous l'ai dit, mais
restez bien tranquille, je vous en conjure.

— Vous serez content de moi, mon ami.

— Et vous, ma noble amie, venez me voir ce soir,
afin que je vous remercie.

— Je viendrai, me dit-elle.

La place du palais était couverte par le peuple,
curieux de me voir passer pour me rendre au tribu-

nal ; j'y allai seul, je n'avais pas voulu d'escorte ; la
foule m'ouvrit un passage, et je passai au milieu
d'elle sans avoir entendu le moindre murmure ; la
reine s'y rendit, de son côté, portée sur un palanquin par ses serviteurs ; elle était suivie de ses filles
d'honneur et escortée par ses gardes.

J'entrai dans la salle du tribunal ; un huissier
m'indiqua le siége qui m'était réservé sur une estra-
de en face des juges ; la reine était dans une tribune
surmontée d'un dais ; du côté opposé, étaient les
dignitaires de l'Etat et les gens du peuple appelés
comme témoins ; des gardes de la reine étaient placés au bas de la tribune de la souveraine, d'autres
étaient placés en divers endroits de la salle, et d'autres à la porte d'entrée ; cette salle était vaste, l'air
se répandant partout, les fenêtres vitrées sont incon-
nues dans ce pays ; on ne se garantit de l'injure du
temps et des rayons du soleil, que par de grands ri-
deaux qu'on ouvre et qu'on ferme à volonté ; dans
les jours nébuleux, tout est ouvert

Le plus grand silence régnait dans la salle ; à un
signe donné que fit le Grand Juge, l'huissier me
dit de me lever, et alors commença l'interrogatoire.

— Qui êtes vous ?

— Je suis étranger.

— D'où venez-vous ?

— De terre.

- - Votre nom ?

— Pcer.

— Que venez-vous faire ici ?

— M'instruire.

— Vous n'avez pas d'autres desseins ?

— Non

— Vous êtes accusé de vouloir vous emparer du trône ?

— C'est une fausse accusation.

— Cependant, voilà des témoins que vous avez voulu suborner?

— Ce sont de faux témoins.

— Comment le prouverez-vous ?

- - En les confondant.

— Comment les confondrez-vous ?

— En les mettant en ma présence et en leur faisant avouer qui sont les véritables suborneurs, car je les connais.

Alors il s'éleva un murmure parmi les grands du

royaume, et plusieurs s'approchèrent du Grand-
Juge et lui parlèrent à voix basse ; le Grand-Juge me
dit :

— Accusé, votre défense est inadmissible, et d'ailleurs nous sommes éclairés par des témoins dignes
de foi ; nous allons nous retirer dans la salle des
délibérations, et je viendrai vous instruire du résultat.

Les juges se retirèrent, et peu de temps après ils
reparurent ; le Grand-Juge lut le résultat de leur dé-
libération, et me dit :

— Accusé, vous êtes convaincu et jugé coupable
du crime de lèse-majesté, comme tel, condamné à
la peine de mort, par le supplice de la scatole.

Un cri étouffé partit de la tribune de la reine ;
j'étais debout, je la regardai, et mon calme la ras-
sura.

— Geôlier, cria le Juge, emparez-vous du coupable, conduisez-le à la tour, où vous le garderez jusqu'au moment de son exécution.

Le geôlier s'approcha et fit le mouvement de s'emparer de moi ; mais en ce moment les nuées électri-
ques, par leur choc, produisirent la foudre ; le ton-

nerre se fit entendre, et déjà le geolier était tombé foudroyé à mes pieds.

Grand fut l'étonnement et la consternation qui régnaient dans toute la salle ; la terreur se peignait sur le visage de quelques grands personnages ; le tonnerre grondait toujours ; la foule était prosternée, elle redoutait de grands malheurs ; la reine était calme. Le Grand-Juge, à l'instigation de mes ennemis, fit appeler un guichetier de la tour, et lui donna l'ordre de s'emparer de moi, de m'y conduire et de m'y garder jusqu'à nouvel ordre. Le guichetier s'approcha de moi, et, au moment où il se disposast à s'assurer de ma personne, je disparus à tous les yeux : mon bon génie Za m'avait rendu invisible comme lui, et il me transporta dans l'appartement que j'occupais au palais, où je le remerciai bien sincèrement du nouveau service qu'il venait de me rendre.

— Il en sera toujours de même toutes les fois que vous serez en danger, me dit-il de sa douce voix; vous étiez accusé injustement, je devais protéger votre innocence ; je ne l'aurais pas fait si vous eussiez été coupable; tels sont les ordres que j'ai reçu de Zadir, si vous ne dérogez pas à la conduite que vous avez tenue jusqu'à présent, votre bon génie ne cessera pas de vous protéger ; mais si vous étiez assez faible pour céder aux insinuations de quelques mauvais génies, qui sont nos ennemis, Zadir vous abandonnerait et me défendrait de vous être utile. Je ne puis vous donner de conseils, cela m'est défendu, mais prenez toujours l'honneur pour règle de votre conduite, c'est le seul conseil qu'il me soit permis de vous donner.

Je l'assurai que ma conduite serait toujours exempte de mauvaises actions.

— S'il en est ainsi, me dit-il, et je vous crois sincere, vous pourrez toujours compter sur ma protection, en tel lieu que vous habitiez ; vous connaissez les trois mots que vous devez prononcer pour m'appeler à votre secours ; prononcez les en cas de besoin, et aussitôt je serai près de vous. Maintenant, quand voulez-vous continuer votre voyage, et quelle planète avez-vous l'intention de visiter?

— Mercure, lui dis-je.

— Elle n'est pas éloignée d'ici, me dit-il, et en

3.

peu d'instants vous y serez; vous me préviendrez lorsque vous serez prêt.

Je le remerciai, et il me quitta. Resté seul, je mangeai de quelques mets que je vis sur ma table, et ensuite je m'étendis sur le sopha pour réfléchir aux événements de cette terrible journée, qui s'était si bien terminée pour moi. Tout-à-coup la reine parut dans mon appartement, et me dit:

— Maintenant, nous pouvons être tranquilles.

— Au moins, il faut l'espérer, lui répondis-je.

— Comment, me dit-elle, est-ce que vous ne croyez pas cette sédition apaisée ?

— Je la crois ralentie, répondis-je, mais suspendue, car les mêmes ferments existent; il faut peu de chose pour réexciter le peuple, et croyez bien qu'on y travaille en ce moment; c'est à moi qu'ils en veulent, et c'est sur moi que se déversera la haine et la jalousie des grands. Quant à moi, je ne les crains pas, vous en avez la preuve, mais je crains les ennuits et les tourments que ma présence ici vous causeront; il serait nécessaire, pour votre tranquillité, que je m'éloignasse pendant quelque temps.

A peine avais-je achevé ces mots, que nous entendîmes un mugissement semblable à celui des vagues violemment agitées par la tempête, et au bruit du ressac lorsqu'elles se brisent contre les récifs.

— Quel est ce bruit? me dit-elle.

— C'est la voix du peuple, lui répondis-je.

Aussitôt un horrible craquement se fit entendre.

— Qu'est-ce que cela ? me dit-elle.

— Ce sont les portes de votre palais qu'on enfonce; retirez-vous dans votre appartement, ils ne vous insulteront pas, il ne vous feront aucun mal, ce n'est qu'à moi seul qu'ils en veulent ; vous voyez que je suis un obstacle à votre tranquillité.

Et comme la foule avait envahi le palais, qu'elle s'approchait de mon appartement, je pressai la reine de rentrer dans le sien. A peine y fut elle entrée que l'appelai Za; il arriva aussitôt. Je le priai de me rendre invisible à la foule qui allait faire irruption chez moi, et que, lorsqu'elle serait retirée et que j'aurais vu la reine en sûreté, nous partirions pour la planète de Mercure.

— C'est bien, me dit-il.

La foule se précipita dans mon appartement, et resta muette d'étonnement en ne m'y voyant pas, et une voix forte fit entendre ces paroles : Celui que vous cherchez n'est plus ici, il est parti, retirez-vous ou craignez les effets de ma colère ! La foule, consternée par cette voix surhumaine, se retira en silence. Alors je demandai à mon génie de me laisser aller chez la reine, pour m'assurer qu'elle était tranquille et hors de danger.

— C'est bien, dit-il, allez, j'attends.

J'allai à l'appartement de la reine, mais invisible à tous les yeux ; tout était calme. J'entrai donc chez elle sans être vu ; je la trouvai triste et pensive, et je lui dis :

— Courage et espoir: adieu, ma noble amie.

Cet adieu me perça le cœur, mais j'avais un devoir sacré à remplir : devoir et sacrifice que l'honneur m'ordonnait de remplir.

V

Je me rendis près de mon bon génie Za, et nous
partîmes aussitôt pour la planette de Mercure, où
nous arrivâmes en peu d'instants. La chaleur est ex-
cessive sur cette planète, où elle est sept fois plus
forte que dans nos étés les plus chauds, elle y est
telle qu'elle liquéfie même les métaux. Les habitants sont extrêmement vifs et d'une gaîté folle ; on
les croirait attaqués de la calenture, espèce de délire

auquel les Européens sont sujets dans la zone tor-
ride ; ce fut sur cette planète que Za me déposa, et
aussitôt que les habitants m'aperçurent, ils accoururent pour me voir, les uns sur leurs mains au lieu
de se servir de leurs pieds, d'autres en faisant la
roue, d'autres en jetant des cris effrayants. Je jugeai
qu'ils étaient tous attaqués de folie ; je le dis à mon
bon génie, qui ne m'avait pas quitté.

— Vous les avez bien jugés, me dit-il, et je doute
que vous vous plaisiez ici, d'autant plus que vous
n'aurez aucun plaisir à visiter cette planète, qui est
couverte de salpêtre, et où la trop grande chaleur
peut vous incommoder ; je pense qu'il serait mieux
pour vous d'en sortir.

— Vous avez deviné mon désir et prévenu la demande que j'allais vous faire de me transporter dans
une planète p s habitable.

— J'y suis tout disposé, me répondit-il. Où voulez-vous aller ?

— D'abord, chez Iris, parce que je la crois peu
éloigné d'ici.

— Cela est vrai, me dit-il, vous y serez dans cinq
minutes.

En effet, cinq minutes après, il me déposait sur la planète Iris, auprès d'un élégant pavillon du jardin de la reine de cette planète. Des filles d'honneur de la reine m'aperçurent et s'empressèrent d'aller la prévenir qu'un étranger était dans le jardin près du pavillon, et qu'on ne pouvait comprendre comment cet homme s'y était introduit. La reine envoya une dame du palais avec ses filles d'honneur pour savoir qui j'étais. Elles arrivèrent bientôt près de moi, et, après m'avoir examiné quelques minutes, la dame du palais me dit qu'elle venait par ordre de la reine pour savoir qui j'étais, d'où je venais, et ce que je venais faire dans son royaume? Je satisfis à toutes ses demandes, et elle parut satisfaite de mes réponses.

— Je vais aller rendre compte à notre reine des choses extraordinaires que vous venez de me dire et, sans aucun doute, elle voudra vous voir.

— Je suis aux ordres de Sa Majesté, lui dis-je.

Elle retourna au palais, et, peu de temps après, je vis arriver un personnage dont les habits étaient tout chamarrés; il m'aborda en portant le dos de sa main à son front, et me dit que la reine désirait me

voir, et que je voulusse bien le suivre ; pendant le
trajet, je lui demandai quel était le cérémonial je
devais observer.

— En entrant dans la salle du trône, vous vous
inclinerez en croisant vos mains sur votre poitrine,
puis vous vous avancerez vers elle, vous mettrez un
genou à terre et vous lui direz : Grande reine, dis-
posez de votre serviteur ; et quand elle vous dira :
Ben venuto, vous vous lèverez et lui ferez un profond salut.

» La cérémonie terminée, elle vous invitera, sans
doute, à dîner à sa table, et puis vous deviendrez ur
commensal ou l'hôte du palais, car la reine aime
beaucoup à s'instruire, et, comme vous me paraissez
fort instruit de choses que nous ignorons ici, il est
probable qu'elle désirera vous avoir auprès d'elle,
afin de profiter de votre instruction.

En ce moment, un autre officier vint me prévenir
que la reine m'attendait, et qu'il était chargé de me
conduire vers elle. Je me levai et je le suivis. En entrant dans la salle, je vis la reine Irisa sur son trône ;
elle était vêtue d'une large robe d'une étoffe blanche
fort légère, et rayée en différents endroits des cou-

leurs de l'arc-en-ciel. Je m'approchai d'elle en observant le cérémonial d'usage et dont j'avais été instruit : elle m'observait avec une grande curiosité, elle était jeune et d'une grande beauté, mais qui n'était pas celle de Vénusté, qui avait les yeux d'un bleu céleste et les cheveux blonds. La reine Irisa avait les yeux bruns et les cheveux châtains, sa figure était à la fois noble et piquante, et respirait la bonté.

— D'après ce qu'on m'a dit, il paraît que vous venez de bien loin et que vous veniez ici pour vous y instruire, mais on m'a dit aussi que vous paraissiez fort instruit ?

— J'ai, en effet, de l'instruction, mais Votre Majesté sait qu'il n'y a pas de limites pour la science ; plus on en possède, plus on veut en acquérir.

— J'aime à vous entendre parler ainsi, me dit-elle je pense exactement comme vous.

— Mais quelle instruction pensez-vous acquérir dans ce pays où il n'en existe pas ?

— Pardonnez-moi, Madame ; je voulais acquérir la connaissance de votre planète et juger de la réalité d'une chose que je n'avais vue qu'à la distance de trente-trois millions de lieues, avec le secours de nos lunettes et de nos télescopes.

— Mais vous me parlez de choses qui me sont entièrement étrangères, et qui excitent au plus haut point ma curiosité et le désir de la satisfaire; voudrez-vous m'instruire de ces choses merveilleuses dont vous venez de me parler?

— Je le ferai avec grand plaisir, Madame, et pour faciliter cette instruction, je vous dessinerai un plan du système planétaire qui vous aidera à comprendre facilement ce que sont les astres, la place qu'ils occupent dans le firmament, et comment ils y circulent.

— Vous me jetez dans un étonnement que je n'ai jamais ressenti. Et vous avez le pouvoir de m'apprendre toutes ces belles choses qui me semblent si merveilleuses?

— Oui, Madame.

— Et quand voulez-vous commencer mon instruction?

— Quand il plaira à Votre Majesté.

— Dès demain, me dit-elle vivement ; on va préparer l'appartement que je vous offre dans mon palais, et dans lequel vous serez parfaitemeut libre ;
on vous servira, aux heures que vous indiquerez, vos
repas et toutes les choses qui vous sont nécessaires ;
une des pièces de votre appartement sera votre cabinet de travail ; il est éloigné du bruit et conviendra
parfaitement à l'étude et au recueillement ; vous y
trouverez tout ce qui pourra vous être utile dans
vos occupations scientifiques, c'est dans votre
cabinet que j'irai recevoir vos précieuses leçons ;
ce cabinet communique à mon appartement, qui est
au-dessus du vôtre, par un escalier secret construit
entre deux murailles, et c'est par cet escalier que je
me rendrai chez vous pour aller recueillir les connaissances qui me manquent et que j'ai le plus grand
désir de posséder. Cet escalier secret me rappela le
passage de Vénusté, et je soupirai profondément
La reine Irisa descendit en effet, le lendemain, dans
mon appartement, en examina les différentes pièces,
et principalement celle destinée à mon cabinet de
travail.

— Comment trouvez-vous cette pièce ? me dit-

elle, croyez-vous qu'elle puisse vous convenir?
Quels sont les objets dont vous avez besoin pour votre travail ?

— Ce qui est indispensable, lui répondis-je, c'est
du papier, de l'encre et une plume.

— Mais je ne connais ni le papier ni l'encre, dites-
le moi?

— Le papier est une composition faite de vieux
linge qu'on laisse tremper longtemps dans l'eau et
qu'on réduit en pâte ; on étale ensuite cette pâte sur
des vergeures attachées sur la forme du papier, et
très·mince; quand cette pâte est sèche, on l'enlève
de dessus la forme, et la feuille de papier est faite ;
pour le papier qui est pour le lavis ou pour l'aqua-
relle, on le trempe dans une eau collée, pour l'empêcher de boire, et on l'étend pour le faire sécher.
Vous avez bien ici une écorce d'arbre qui a de l'analogie avec le papyrus dont l'écorce intérieure servait
autrefois de papier, mais ce papyrus ne servait aux
anciens égyptiens que pour écrire en hiéroglyphes
sur les sujets de religion, sur les sciences et sur les
arts.

— Mais, me dit-elle, je n'ai jamais entendu parler de tout ce que vous venez de me dire, aurez-vous la bonté de m'instruire sur toutes ces choses ? car plus je vous entends parler, plus vous augmentez mon désir d'apprendre.

— J'ai eu l'honneur de vous dire, Madame, que je le ferai avec grand plaisir : car je suis entièrement dévoué à vos ordres.

— A mes ordres, reprit-elle, mais vous n'en avez point à recevoir de moi, car je vous considère comme ami.

A ces mots elle me tendit la main que je pressai dans la mienne.

— Par où commencerons-nous mon instruction, me dit-elle ?

Par le système planétaire, lui répondis-je ; mais je le ferai précéder par la connaissance de Dieu, qui est l'auteur de la nature, c'est-à-dire de toutes les choses créées. Dieu seul est incréé, Dieu est l'asséi-té, c'est-à-dire qu'il existe par lui-même ; Dieu est un pur esprit, une essence divine qui s'étend à tout et pénètre partout : c'est pourquoi Dieu

est l'immensité, c'est-à-dire qu'il est présent partout, qu'il voit tout, qu'il sait tout et qu'il pourvoit
à tout. Dieu est la sagesse éternelle, Dieu est de
toute éternité, Dieu est la prescience, Dieu seul
est infini, c'est-à-dire que sa puissance est sans
bornes.

VI

Irisa me regardait fixement avec un étonnement indicible.

Oh ! mon ami, me dit-elle, que d'émotions, que de sentiments inconnus jusqu'alors vos instructions me font éprouver ! Continuez, je vous en prie.

Quand Dieu créa le monde, le chaos existait, c'est-à-dire que tout était dans la confusion ; à sa voix toute-puissante la lumière succéda aux ténèbres, le chaos disparu ; en six jours, Dieu créa l'univers, c'est-à-dire le monde entier, tous les corps célestes, la terre et ses habitants. Maintenant je vais vous donner une idée de la position des corps célestes, composés du soleil et de toutes les planètes qui sont éclairées par cet astre que Dieu a placé dans le firmament, dans le zodiaque, qui est partagé en deux parties égales par une ligne appelée écliptique que le soleil semble parcourir.

Maintenant, Madame, avec ce système planétaire que j'ai dessiné du mieux qu'il m'a été possible, vous comprendrez avec la plus grande facilité tout ce que j'ai à vous dire sur ces astres et sur ces planètes qui tous font partie des ouvrages de Dieu !

Ainsi, mon ami, le soleil n'est donc pas un Dieu ?

Non, Madame, il n'est qu'une créature de Dieu, qui l'a formé pour féconder la terre par la chaleur de ses rayons et pour faire mûrir les fruits que produisent les végétaux qui servent à notre nourriture et à celle des animaux.

Mais laissons ce sujet et revenons, s'il vous convient, à nos entretiens sur les choses que vous désirez connaître.

Vous ne pouviez me faire un plus grand plaisir mon ami, car depuis que vous m'avez parlé de Dieu et de la création, mon esprit a beaucoup travaillé, et il me semble que ce sujet n'est pas épuisé et qu'il vous reste encore beaucoup de choses intéressantes à m'apprendre.

Vous avez bien pensé, ma noble amie, car nous avons à parler des esprits célestes.

Qu'entendez-vous par esprits célestes? sont-ce d'autres dieux?

Non, Madame, car il n'y a qu'un seul dieu; les autres esprits célestes sont des créatures spirituelles créées par Dieu pour annoncer et faire exécuter ses ordres; ils habitent le ciel et entourent le trône de Dieu, tout resplendissant de gloire, et d'où il dicte ses lois à tout l'univers.

Mais, mon ami, qu'est-ce donc que le ciel? et comment appelez-vous ces esprits célestes?

Le ciel est l'empyrée, c'est le ciel le plus élevé où Dieu a placé le paradis. Sous l'empyrée est le firmament, qui nous paraît être d'un beau bleu d'azur; cette couleur est produite, en apparence, par l'éther, fluide très-subtil qu'on suppose dans l'espace au-dessus de l'atmosphère et qui n'est pas re pirable

4

L'éther est le firmament; c'est ce qu'on appelle poé-
tiquement la voûte azurée; c'est là que les astres
circulent et accomplissent leur rotation ou leur révolution. Les esprits célestes sont appelés Anges; Dieu
les créa d'une substance toute divine; c'est une
création toute spirituelle, une intelligence à laquelle l'âme immortelle que Dieu leur a donnée
est unie, tandis que l'âme immortelle que Dieu a
donné à l'homme est uni à un corps matériel, voilà
la seule différence. Le nombre des anges est de plu-
cieurs millions.

Je vous remercie, mon ami; mais dites-moi ce que
s'est que le Paradis et qu'est-ce que l'âme immortelle; je n'ai jamais entendu parler de ces choses-là ?

Le paradis est dans le ciel, c'est la cité des bien-
heureux, où ils jouiront d'une félicité éternelle, s'ils
l'ont mérité.

Dieu a formé l'homme de terre. Quand l'homme
lut formé de cette substance matérielle, Dieu lui
donna l'âme immortelle, qui est le souffle divin;
c'est principalement par cette âme que Dieu nous
a donnée que l'homme fut créé à l'image de son
Créateur; c'est ainsi que Dieu, l'être suprême, a

rendu l'homme maître des animaux, qu'il en a fait le roi de la terre. Notre âme est spirituelle, puisqu'elle émane de Dieu : elle est de la même nature que celle des anges, qui ont été créés comme nous, seulement leur âme est unie, comme je l'ai déjà dit, à une nature spirituelle, tandis que chez l'homme, l'âme est unie à une nature matérielle. L'ange est la plus noble des créatures. Notre âme possède des facultés admirables, en tête desquelles il faut placer la pensée, qui est une opération de la substance intelligente et du libre arbitre, qui est l'opération ou plutôt une faculté que possède l'âme de décider à prendre une détermination. L'homme a une chose en lui qui n'est certainement pas matérielle, c'est un esprit, c'est l'âme, c'est l'image de Dieu, comme la matière qui a formé l'homme est l'image de la terre. Les animaux ont une âme qui n'est que l'intellect, mais, à leur mort, elle rentre dans le néant, tandis que la nôtre, beaucoup plus parfaite, a une destinée plus élevée, éternelle. L'homme est l'intermédiaire entre la nature animale et l'intellectuelle.

La reine paraissait plongée dans une profonde rêverie ; elle revint à elle et me dit :

Tout ce que vous venez de m'apprendre jette mon esprit dans une étrange agitation ; j'ai besoin de recueillement pour concevoir et analyser les choses élevées dont vous m'avez entretenue, mais trop élevées pour moi qui n'en avais aucune idée; j'espère que vous m'aiderez à sortir mon esprit de l'obscurité dans laquelle il est encore enveloppé.

Je suis tout à votre volonté, ma bonne amie : vous me direz quelles sont les choses sur lesquelles vous désirez être éclairée, et je vous écrirai des notes qui vous aideront à interpréter ce que vous trouvez d'obscur dans tout ce que je vous ai dit.

C'est une excellente idée, mon ami, car je pourrai étudier vos notes dans mes moments de solitude, et nous pourrons continuer dans votre cabinet mon instruction sur les corps célestes, d'après le système planétaire que vous m'avez dessiné.

VII

La reine vint, le lendemain, dans mon cabinet, et je commençai mes leçons d'astronomie.

L'astronomie est la connaissance des corps cél·s-tes et du ciel. L'astronomie physique explique ies phénomènes.

L'uranographie est la description du ciel.

L'uranométrie est l'art de mesurer les astres.

4.

Le soleil, ce flambeau du monde, occupe le centre de l'univers, où il est immobile. Mercure tourne autour du soleil, de sorte que le soleil est environ le centre du cercle décrit par Mercure. Au-dessus de mercure est Vénus, qui tourne de même autour du soleil. La Lune est tantôt proche du Soleil, tantôt elle en est éloignée, et il en est de même des autres planètes, qui toutes tournent autour du soleil. La lune seule tourne autour de la terre et l'éclaire pendant la nuit. Après Vénus vient la lune et la terre qui, étant plus élevée que Mercure et Vénus, décrit un plus grand cercle que ces planètes ; enfin Mars, Jupiter et Saturne doivent décrire un plus grand cercle autour du soleil que tous. C'est pourquoi il est plus longtemps que les autres planètes à faire sa révolution. Le Soleil est lumineux par lui-même, en raison de la substance qu'il convient et dont l'incandescence continuelle est la cause ; des astonomes anglais prétendent que le centre du soleil, qu'ils appellent *the stone*, et que nous appelons le noyau, ne donne pas la chaleur ; cette opinion existait déjà chez des astronomes français, qui font monter la chaleur du noyau à la partie la plus brillante du disque solaire, qu'ils appellent photosphère et d'où partent les rayons du soleil. Outre les cinq cents planètes découvertes par Herschel en 1802, il existe d'autres planètes autour du soleil : Iris et Flore, découvertes en 1847; Métis, en 1848; Hygie, en 1819; Parthénope et Victoria, en 1850, Irène et Eunomia, en 1851.

Le soleil met plus de vingt-cinq jours à tourner sur lui-même; la terre en met vingt-quatre. Les jours de Mercure sont de vingt quatre heures trois minutes, les jours de Vénus sont de vingt trois heures vingt une minutes. Dans Mercure la chaleur est sept fois plus forte que dans nos étés les plus chauds, elle y est si forte, qu'elle liquéfie même les métaux. Dans Saturne, au contraire, il fait quatre-vingt fois plus froid que dans nos hivers les plus rigoureux : tout y est glacé. Saturne est considérablement éloigné du soleil, qui leur paraît fort petit, et ne leur paraît que comme une petite étoile bien pâle et d'une chaleur bien faible aussi; le froid y est excessif, comme je l'ai dit plus haut, ce qui rend les habi-tants insociables par leur humeur flegmatique et l'absence de toute gaîté. La distance de Saturne au Soleil est de trois cent millions de lieues.

Le soleil est un million quatre cent quatre mille
neuf cent vingt fois aussi gros que la terre, dont i
est éloigné de trente huit millions de lieues, d'autres
disent trente-trois, d'autres trente-cinq ; autrefois
c'était trente-six millions. Dans Mercure le carac-
tère est opposé de celui de Saturne.

Les étoiles sont, en général, des corps célestes qui
brillent pendant la nuit. Les étoiles fixes sont autant de soleil ; l'étoile errante est une planète ; l'é-
toile tombante est un météore lumineux.

On appelle constellation un assemblage d'étoiles
voisines désignées sous un même nom ; on dit, par
exemple, la constellation du Grand-Chien, du Taureau, de la Vierge.

Sirius est une étoile de la constellation du Grand-
Chien, la plus brillante du firmament.

La distance des étoiles à la terre est d'environ
deux cent six mille fois la distance qui sépare le Soleil de la terre, environ trente milliards de lieues.

La lumière parcourt soixante-dix sept mille lieues
par seconde ou près d'une demi lieue ; avec la plus
forte lunette on découvre plus de quarante millions

d'étoiles fixes, de quatorze grandeurs différentes.
Trois mille étoiles sont visibles à l'œil nu, dans un
seul hémisphère.

Le rayon de l'étoile la plus voisine de la terre qui
nous arrive le soir, est parti depuis trois ans de l'astre qui nous l'envoie. La lumière des étoiles les plus
éloignées a besoin de trois à quatre mille ans pour
arriver jusqu'à nous en parcourant, comme il est dit
plus haut, soixante dix-sept mille lieues par seconde;
et au-delà de ces étoiles, on en suppose d'autre plus
éloignées, que l'on ne pourra voir qu'avec des instruments plus puissants que ceux que nous possé-
dons.

Les comètes sont une espèce de planète qui tourne
autour du Soleil dans un cercle très-alongé. A mesure qu'elles s'approchent du Soleil leur queue s'al-
longe, et quand elle s'en éloignent, leur queue se
raccourcit peu à peu, et finit par disparaître. La
queue des comètes est leur atmosphère, qui devient
lumineuse et visible en se séparant du corps opaque
de la planète. La chaleur est produite par la combi-
naison des rayons solaires avec l'atmosphère.

Le centre de la terre est le centre de gravité

objets qui sont à sa surface. Mais, comme la terre tourne autour du soleil avec tout ce qu'elle contient, il s'en suit que le centre de gravité de la terre ou son point d'appui est dans le soleil.

Les tourbillons sont un amas de matières, dont les parties, détachées les unes des autres, se meuvent toutes en un même sens. Un tourbillon de vent est une infinie de petites parties d'air qui tournent toutes en rond ensemble et enveloppent ce qu'elles rencontrent.

Les planètes sont portées dans la matière céleste, qui est d'une subtilité et d'une agitation prodigieuse; tout ce grand amas de matières célestes, qui est depuis le soleil jusqu'aux étoiles fixes, tournant en rond et emportant avec soi les planètes, les fait tourner toutes en un même sens autour du Soleil, qui occupe le centre. Notre grand tourbillon est composé de seize planètes desquelles on ne voit que sept. Uranus et Neptune sont, pour le froid, de la même catégorie que Saturne ; tout y est glacé.

Le Chariot est composé du Soleil, de la Lune et des cinq planètes Mercure, Vénus, Mars, Jupiter et Saturne. La planète Jupiter est située entre Mars et

Saturne; Jupiter est mille fois plus grosse que la
terre; cette planète est éloignée du Soleil de cent
soixante cinq millions de lieues; elle est éclairée par
quatre lunes, petites planètes habitées; celle de ces
petites planètes la plus proche de lui, voit Jupiter
seize cents fois plus grand que notre lune ne nous
paraît. Saturne a cinq lunes.

L'air qui environne la terre ne s'étend que jusqu'à
une certaine hauteur, environ vingt lieues; cet air
suit la terre et tourne avec elle, soit dans sa rotation, soit dans sa révolution.

La terre est soixante fois plus grosse que la
Lune, qui n'a ni aurore ni crépuscule; elle n'a pas
non plus d'arc-en-ciel.

Outre cinq cents planètes découvertes par Hers-
chell en 1802, on a découvert Iris et Flore en 1847,
Métis en 1848, Hygie en 1849, Parthenope et Victo-
toria en 1850, Irène et Eunomia en 1854. Ces der-
nières planètes sont toutes situées autour du cercle
décrit parMercure.

Ainsi vous voyez, Madame, que la platène Iris,

dont vous êtes la reine, nous est connue depuis douze ans.

C'est ce que je vois, mon ami ; mais je désirerai bien savoir par quels moyens on a pu la découvrir à une si grande distance de votre terre ?

C'est comme je vous l'ai dit, par le secours de nos lunettes et de nos télescopes.

Mais je ne connais pas ces choses-là ; voulez-vous m'en donner connaissance ?

— Une lunette ou longue vue est un tuyau garni à ses deux extrémités d'un verre qui grossit les objets éloignés. Le télescope est une grande lunette à réflexion qui grossit et rapproche les objets. L'astrolabe est un instrument pour prendre la hauteur des astres. L'héliomètre est un instrument pour mesurer le diamètre du Soleil et celui des planètes. L'hélioscope est un instrument pour regarder le soleil.

Mais dites-moi, je vous prie, ce que c'est que le verre, car je n'en ai aucune idée ?

Le verre est un corps transparent et fragile qu'on

obtient par la fusion d'un mélange de sable et de sel alcali, sel caustique, tiré des cendres de la fougère, genre de plantes qui croit dans les bois.

— Je comprends cela, mais je ne comprends pas qu'il puisse grossir les objets?

Pour grossir les objets ou du moins les faire paraître plus petits on fait des verres concaves, c'est-à-dire creux et ronds, et c'est par la manière dont les verres sont placés dans les lunettes qu'on obtient le rapprochement ou l'éloignement des objets.

Pour mesurer le diamètre des astres, les astronomes emploient le réticule : ce sont des fils placés au foyer d'une lunette en forme de réseau ou lacis, et c'est par la distance des fils qu'ils peuvent juger, par le calcul, la distance des objets.

— En vérité, mon ami, vous augmentez de jour en jour non-seulement mon étonnement mais aussi mon admiration, par toutes les merveilles dont vous me parlez; mais dites-moi : ce verre auquel vous attribuez tant de merveilles ne sert-il qu'aux astronomes pour leurs lunettes?

Le Songe. 5

— Il sert à plusieurs autres usages : lorsque le verre est fondu, qu'il est en ébulition, on en fait des verres pour servir à boire des liquides, des carafes, des bouteilles pour contenir ces liquides, des vîtres pour garnir des chassis que l'on met aux fenêtres pour garantir les injures du temps ; on en fait des miroirs, des glaces, qui reproduisent la ressemblance des objets qu'on y présente, en ce que les miroirs sont étamés par derrière. Les anciens ne connaissaient pas le verre ; ils mettaient du papier huilé, ou la pierre obcidiane, pierre transparente qui, chez eux, remplaçait les vîtres ; le papier huilé est translucide, on ne peut pas voir à travers.

— Mais, mon ami, cette découverte nous serait ici d'une bien grande utilité ; et si cette plante dont vous m'avez parlé existe sur cette planète, on pourrait peut-être, à l'aide des précieux renseignements que vous donneriez, parvenir à faire la verre.

Si vous voulez, nous irons ensemble explorer mon royaume, et en visiter les bois, pour tâcher d'y découvrir la fougère et les autres plantes dont les cendres pourront nous servir à faire le verre?

J'y consens volontiers, ma noble amie, vous savez
que je vous suis tout dévoué. Mais avez-vous dans
votre capitale, ou ailleurs, un homme qui ait quelques connaissances en phytologie?

Je ne connais pas cette science.

— C'est celle de connaître et de décrire les plantes.

— Je ne sais, mon ami, mais je vais faire prendre des informations, et si l'on découvre un homme
capable, on me l'amènera ; et s'il peut nous donner
des renseignements satisfaisants, cela nous épar-
gnera beaucoup de recherches peut-être inutiles.

VIII

Le lendemain, on amena un homme qui, disait-on, connaissait les plantes ; la reine me fit appeler, et je questionnai cet homme devant elle, il m'était difficile de lui citer le nom de la fougère en sa langue, puisque je ne le savais pas ; je pris donc le parti de la dessiner, et il dit à la reine qu'il en avait vu dans un bois près du village de Baleno ; munis de ce renseignement, nous pouvions espérer que notre voyage ne serait pas infructeux, et la reine décida que nous partirions lorsque la chaleur serait moins forte, car nous étions près de Mercure, et l'on connaît la chaleur de cette planète.

En attendant, je donnais toujours des leçons à la reine, et j'allais quelquefois me promener dans ses jardins, qui étaient vastes et bien plantés de fleurs; c'était un grand attrait pour moi qui avais l'intention de dessiner une fleur. Un jour que j'étais fort occupé à examiner ces fleurs, j'entends des cris de plusieurs femmes qui criaient : *Elpo*, *Elpo*; c'est un cri de détresse qui signifie à l'aide, au secours ! Ces cris partaient d'un bosquet voisin ; j'y courus ou plutôt j'y volai, car les cris augmentaient; je m'élançai dans un petit bois, et en quelques secondes j'étais parvenu au bord d'un bassin où je vis les dames de la reine effrayées, sanglotant et ne pouvant m'exprimer que par signe le sujet de leur désespoir; enfin je compris que la reine avait disparu au milieu du bassin ; me jeter à l'eau et m'y plonger fut pour moi l'affaire d'un clin-d'œil, et presque aussitôt je reparus sur l'eau tenant la reine de mon bras gauche, nageant des pieds et de mon bras droit ; des cris de joie furent poussés par les dames d'honneur, et lorsque je pus prendre pied, je me hâtai autant qu'il m'était possible d'aborder à terre, chargé de mon

précieux fardeau ; je déposai la reine sur le gazon ;
elle avait perdu connaissance ; mais son cœur battait
assez régulièrement, et les soins que je lui donnai la
rappelèrent à la vie ; elle ouvrit les yeux et un doux
sourire fut ma récompense. Je recommandai aux
dames d'honneur de changer promptement les vête-
ments de la reire, et, lorsque tout fut prêt pour la
changer, je sortis du bosquet, mais je restai à l'entrée, dans le cas où l'on aurait besoin de moi ; j'en
prévins les dames d'honneur, je laissai sécher mes
habits sur moi ; il n'y avait aucun danger, la chaleur
qu'il faisait les sécha promptement.

J'étais heureux, heureux d'avoir sauvé la vie à
cette dame ; j'éprouvais tout le bonheur que l'on
goûte à faire une bonne action.

J'avais prié les dames d'honneur de m'envoyer
des nouvelles de la reine, et, en effet, elles m'en don-
nèrent deux fois avant la nuit ; la reine se trouvait
assez bien, elle n'éprouvait de mal qu'une légère las-
situde, et elle avait la bonté de s'informer de mes
nouvelles.

Le lendemain, la reine entra chez moi par la porte

de l'escalier secret, elle était un peu pâle, mais elle ne souffrait pas.

Je viens, mon cher ami, dit-elle, vous assurer de ma reconnaissance pour le service que vous m'avez rendu ; vous m'avez sauvée d'un péril im-minent dont j'étais menacée ; sans vous je n'existe-rais plus.

Je rends grâce à Dieu, ma bonne amie, de ce qu'il a bien voulu me choisir pour vous tirer du danger, il a daigné exaucer ma prière, et c'est à lui que vous devez des actions de grâce, et non à moi, qui ne suis que l'instrument dont il s'est servi.

Et vous croyez, me dit la reine, que c'est à Dieu que j'en suis redevable ? Mais je ne suis pas de votre religion, et je n'ai aucun droit à la protection de votre Dieu, que je ne connais qu'imparfaitement et qui ne me connaît pas.

— Pardonnez-moi, Madame, mon Dieu est le vôtre comme il est le mien ; sa bonté et sa divine provi-dence s'étendent sur tout ce qui respire ; il protége également tous les hommes, quelque soit leur reli-gion, car il les considère tous comme ses enfants ; sans doute il doit avoir une certaine prédilection pour ceux qui sont attachés à son culte, mais le Dieu que j'adore n'est pas un Dieu jaloux, il excuse ceux qui adorent des dieux imaginaires, des idoles qui sont l'image d'une fausse divinité, des fétiches, qui sont l'idole des nègres, les diverses croyances comme il en existe encore dans les Indes orientales, les Egyptiens, qui adoraient le taureau sacré Apis, les animaux et jusqu'aux reptiles.

Les sauvages de l'Amérique adoraient le Grand-Esprit; ceux-ci étaient plus raisonnables, vivant en tribus dans leurs forêts séculaires, toujours en présence de la nature, leur pensée fermentait, et ils comprirent que cette belle nature, que ces astres resplendissants, devaient avoir été créés par un être supérieur; ils ne pouvaient concevoir un Dieu invisible, a dit Bossuet, ils l'ont appelé le Grand-Esprit, mais depuis ce temps la plupart ont été éclairés par nos missionnaires.

Mais, mon ami, me dit vivement la reine, ne pourriez-vous pas m'éclairer aussi bien que ces missionnaires l'ont fait pour les sauvages ? car tout ce que vous me dites allume en moi le vif désir de connaître les beautés et les vérités de votre religion.

— Je le ferai avec bonheur, ma noble amie, je
ferai plus, je vous donnerai la connaissance de Dieu,
la définition de la divinité, par des preuves convain-
cantes, et que seul je puis donner ; d'autres, avant
moi, ont cherché à résoudre ce grand problême, mais
en vain; Simonide lui-même , célèbre poète de l'an-
tiquité, qui existait cinq cents ans avant Jésus-
Christ, a échoué dans cette définition, que lui de-
mandait Hiéron, roi de Syracuse ; mais je vous la
donnerai par des preuves et verbalement , parce que
je ne veux point froisser en rien l'opinion des autres,
ce qui pourrait faire naître des controverses , et je
suis ennemi de toute contestation, soit verbalement
soit par écrit.

— Je vous approuve, mon digne ami.

— Quand vous serez disposée à m'entendre, nous
irons nous promener dans l'endroit le plus retiré de
vos jardins, où je pourrai vous parler sans crainte
d'être entendu, et ce sera là en vue d'une partie des
merveilles de la création que je vous ferai connaître
leur divin auteur :

Le lendemain, la reine me dit :

Mon ami, j'attends de vous un grand service ,

je ne puis différer plus longtemps à vous le de
mander.

— Quel qu'il soit, grande reine, j'y souscris d'a-
vance.

— Mon ami, je désire ardemment connaître, pos
séder ce que vous m'avez promis, la connaissance
du vrai Dieu, de celui que vous adorez !

— Dès aujourd'hui, ma reine, vous serez satisfaite; lorsque l'ardeur du soleil sera moins forte, nous
irons, comme je vous l'ai dit, dans un endroit solitaire
de vos jardins, et là je vous dévoilerai ce grand mys-
tère, l'immensité de Dieu.

» Votre esprit sera éclairé tout à coup ; vous comprendrez alors comment Dieu peut être présent en
même temps par tout l'univers, comment il voit
tout, comment il sait tout.

— Combien je vous serai reconnaissante, mon digne ami, venez aujourd'hui dîner avec moi et, après
dîner, nous irons dans le jardin le plus isolé où , sans
autre témoin que Dieu seul, vous me le ferez connaître, et nous pourrons l'adorer ensemble ; mon cœur
jouit d'avance du bonheur qui l'attend. Oh! mon
ami, combien vous me devenez cher !

J'allai dîner avec la reine, et je n'aperçus aucun signe de jalousie sur la physionomie des assistants; on savait que les conversations entre la reine et moi ne roulaient que sur l'instruction.

» J'avais la réputation d'être un savant, et je n'excitais pas l'envi. Après le dîner, j'accompagnai la reine dans le jardin isolé, et après nous être bien assurés que nous n'avions pas de témoins indiscrets, je communiquai à la reine toute ma science sur la connaissance de Dieu , sur son immensité , sur sa puissance infinie; je lui expliquai comment Dieu se manifestait par ses œuvres; je lui faisais admirer cette belle végétation qui nous entourait, je lui disais comment se faisait cette végétation, comment les fruits succédaient aux fleurs, comment se formait dans leur intérieur le noyau renfermant l'amande, ou les pépins qui servent à la reproduction. Notre conversation durait depuis longtemps , et je m'apercevais que la reine était absorbée dans ses pensées.

— Je crois , ma noble amie, lui dis-je, que c'est assez pour aujourd'hui sur ce qui concerne les végé-taux; vous seriez trop fatiguée si cette première leçon sur ce sujet se prolongeait, car il m'en reste encore bien long à vous dire sur les merveilles de la nature ; c'est un sujet presque inépuisable.

— Tant mieux, mon ami, j'aurai plus longtemps à vous entendre et à jouir du bonheur que me procurent vos précieuses leçons : je suis enchantée de celle d'aujourd'hui, car elle m'en promet une série d'autres qui ne seront pas moins intéressantes et instructives.

— Nous arrivons au déclin du jour, dis-je à la reine, le soleil va bien .. disparaître à l'occident, nous allons jouir de la beauté d'un soleil couchant !

— Qu'entendez-vous donc, mon ami, par l'occident ?

— L'occident est un des quatre points cardinaux, qui sont le nord, le sud, l'orient et l'occident; je les marquerai sur le système planétaire que je vous ai dessiné.

— Mon ami, me dit-elle, je désirerais bien connaître une chose, mais ce serait une grande indiscrétion, ce serait abuser de votre bonté.

— Ne vous ai-je pas dit, ma noble amie, que je vous étais entièrement dévoué.

— Oui, et vous m'en avez donné des preuves, mais je n'ose vous demander cette nouvelle chose.

— Osez, ma noble amie, car ce serait me faire une injure et beaucoup de peine si vous doutiez de mon empressement à vous satisfaire. Oh ! je vous en prie , dites-moi ce que vous désirez.

— Ce que je désire, mon digne ami, c'est une chose que vous possédez, et que je désirerais posséder aussi.

—Parlez, ma noble amie, tout ce que j'ai vous appartient, ne savez-vous pas qu'en amitié tous les biens sont communs?

— Oui ! je le sais; Eh bien ! ce que je désirerais ce serait de connaître la langue que vous parlez.

Mais ce que vous me demandez , ma noble amie, me cause le plus grand plaisir, et nous allons, dès ce moment, commencer par des mots et des petites phrases familières les plus usitées ; c'est le moyen d'apprendre promptement un langage : d'abord la pratique, et ensuite la théorie. Commencez dès à présent à me demander le nom des choses , ne craignez pas de me questionner, car c'est en questionnant qu'on apprend promptement; vous avez beaucoup de perspicacité, une conception vive, en peu de temps vous comprendrez tout ce que je vous dirai dans ma langue.

IX

La reine, en effet, suivit mon conseil, et, quelques jours après, elle savait une certaine quantité de mots et déjà prononçait fort bien quelques petites phrases que je lui avais apprises.

J'étais enchanté des progrès de ma royale élève ; le prompt succès était certain.

Je fus assez heureux pour trouver, dans un endroit

reculé des jardins, un bloc de marne ou terre cal-
caire qui sans doute y avait été jeté par un jardinier
qui l'avait trouvé en fouillant dans le jardin ; cette
marne était assez douce et d'un beau blanc ; je pensai que je pourrais en faire des crayons, et j'appelai
un des jardiniers et lui donnai l'ordre de m'apporter
ce bloc au palais.

Je partis avec ma découverte et la fis déposer dans
une salle basse avec l'intention de descendre, le lendemain, pour faire détailler ce bloc en morceau,
semblables à nos crayons qu'on appelle craie ; pour
avoir du crayon noir, je fis provisoirement brûler du
bois, que je fis éteindre à temps pour avoir du char-
bon ; je pensai que, dans mon petit voyage au bois
de Baleno avec la reine, je trouverais peut-être du
fusin on quelque substance avec laquelle je pourrais
faire des crayons noirs, et trouver peut-être sur les
chênes ou autres arbres des noix de galle, produites
sur les feuilles et sur la tige de certains arbres par
la piqûre des gallinsectes hémiptères ; alors je pourrais me faire de l'encre ; les plumes n'étaient pas dif-
ficiles à trouver, et d'ailleurs je saurais m'en faire.
Le lendemain, lorsque la reine vint dans mon cabi-

net, je lui parlai du bloc que j'avais découvert et de ce que j'espérais en tirer en attendant que je trouvasse autre chose de mieux, mais que j'aurais besoin d'un homme intelligent pour me détailler ce bloc, elle me dit qu'elle m'enverrait un homme adroit qui ferait cette besogne; je dis aussi à la reine que lorsque nous irions au bois de Baleno, j'espérais y trouver une substance propre à faire de l'encre, et qu'alors nous pourrions écrire.

— Ah ! tant mieux, dit-elle vivement, il me tarde de savoir écrire, parce que je crois que mes progrès dans votre langue seront plus prompts.

— Je le pense comme vous, ma noble amie, et c'est aussi pour vous y aider que je vais essayer à faire du papier.

— Mais, en vérité, je vous admire, mon ami, mais je me rappelle qu'il vous faut pour cela du vieux linge, et je vais donner l'ordre qu'on en cherche, et puis, quand vous le voudrez, nous irons au bois de Baleno chercher les plantes pour le verre; l'homme qui a vu cette plante nous y suivra pour nous l'indiquer; le temps est moins chaud et sera favorable à notre petit voyage ; si rien ne nous en empêche, nous partirons demain.

Nous partîmes, en effet, le lendemain ; nous passâmes à Arco, qui est la capitale de cette planète, nous ne nous y arrêtâmes pas, parce que la reine voulait garder l'incognito. Baleno est fort près de cette ville, et bientôt nous arrivâmes au bois où l'homme qui nous suivait nous rejoignit, nous parcourûmes le bois, et nous y trouvâmes de la fougère et d'autres plantes analogues. La reine le chargea de faire couper toutes ses plantes et de les envoyer à sa résidence, en ayant soin de séparer les espèces et surtout la fougère. Je demandai à cet homme s'il ne connaissait pas dans le bois ou dans les environs, quelque endroit où il y aurait des minéraux ? Il me répondit affirmativement qu'il y avait des roches de granit et des espèces de pierres de la couleur du plomb ; je désirai les voir, et il m'y conduisit ; j'examinai ces pierres ; je lui en fis mettre quelques-unes à part pour les envoyer à la résidence royale, en même temps que les plantes, il me le promit, et tint parole. Je rejoignis la reine, qui s'était assise au pied d'un arbre pour m'attendre, et lui fis part de ma découverte, et de l'espoir que j'avais, en sciant ces pierres, d'obtenir des crayons dans le genre de ceux de mine de plomb.

Nous retournâmes à la résidence où étant arrivés, la reine monta dans son appartement; mais en tournant sur un autre escalier, son pied glissa, et elle tomba, elle jeta un grand cri plaintif, suivi de gémissements; ses femmes coururent pour la secourir, mais les plaintes douloureuses de la reine, qui augmentaient lorsqu'on la touchait, jetaient ses femmes dans un grand embarras; l'alarme et la consternation étaient partout, ne sachant comment soulager la reine ni comment s'y prendre pour la transporter sur son lit. On envoya des courriers et des chevaux pour ramener d'Arco et de Baleno les médecins et chirurgiens qu'on y trouverait, avec l'ordre d'aller et revenir à franc-étrier.

L'attente du secours fut une accablante inquiétude pour toutes les personnes du palais; la reine restait toujours étendue sur l'escalier, on ne pouvait la toucher sans qu'elle jetât des cris affreux; au bout de deux heures environ, deux médecins arrivèrent; ils se rendirent auprès de la reine, mais elle souf-

frait tellement et était dáns une telle prostration
qu'ils ne purent tirer d'elle aucun renseignement,
aucun indice sur les douleurs qu'elle ressentait; ils
se consultèrent et se déterminèrent à la faire porter
sur sont lit, afin de pouvoir la palper et découvrir où
était le siége du mal. Ce fut un terrible moment que
le transport de la reine sur son lit ; c'était un spectacle navrant, tous les assistants étaient pénétrés
de la plus vive douleur ; les cris aigus de la reine
étaient épouvantables, et cependant on ne pouvait
la laisser plus longtemps dans cet état; on prit les
plus grandes précautions pour alléger ses souffran-
ces, et enfin on parvint à la transporter sur son
lit, où elle resta quelque temps dans un complet
abattement. Les médecins lui firent respirer différentes odeurs qui la calmèrent un peu, et ils se
mirent à chercher le siége du mal; la reine avait
la cuisse cassée et malheureusement la tête du fé-
mur, le grand trochanter. C'était incurable ! la
cuisse était déjà enflée, l'enflure augmenta, tout espoir de guérison était perdu, la chaleur était forte,
et la gangrène était à craindre, le mal augmenta
sensiblement. La reine était douée d'une grande
force d'âme, elle comprenait sa position et voulait

en être instruite positivement par les médecins ; elle les fit appeler et les pria de lui dire franchement ce qu'ils pensaient de son état ? Les médecins restèrent interdits à cette question, ils balbutièrent quelques mots, mais la reine leur dit :

N'apportez aucune hésitation à me répondre, Messieurs ; j'ai besoin de connaître ma position ; et combien il me reste encore de temps à vivre !

— Votre Majesté peut vivre encore jusqu'à demain, mais si elle a des dispositions à prendre, elle ferait bien de les prendre dès aujourd'hui.

— Je vous remercie, Messieurs, cela me suffit.

Les docteurs se retirèrent, et elle me fit appeler par une de ses dames d'honneur. Je me rendis aussitôt auprès de la reine, elle me sourit et me tendit la main.

— Approchez, mon ami, j'ai à causer avec vous, j'ai à vous remercier de vos bontés pour moi, de votre dévouement, des grandes et utiles instructions que j'ai reçues de vous, de la connaissance de Dieu, des grandes vérités et des maximes de votre sainte religion ; vous n'avez point semé dans un terrain stérile, ces semences ont porté leurs fruits, et je veux mourir chrétienne, mais il me manque pour cela une chose indispensable et que je désire avec ardeur ; c'est de recevoir le baptême, mais qui pourra me conférer ce sacrement ?

— Moi, ma noble amie.

— Quoi ! vous en avez le pouvoir ?

— Oui, tout chrétien a le droit de baptiser en prononçant les paroles sacramentelles.

— Et quand voulez-vous me baptiser ?

— A l'instant même, si vous le désirez.

— Oui, mon ami, à l'instant même.

— Oui, ma sœur, car nous allons devenir frère et sœur en Jésus-Chris. Vous êtes bien pénétrée, ma sœur, de toutes les vérités que je vous ai révélées ?

— Oui, mon frère.

— Alors je pris un peu d'eau, que je lui versai sur la tête en disant :

— Angélique, je te baptise au nom du Père, et du Fils et du Saint-Esprit. Ainsi soit-il.

— La reine était admirable dans ce moment solennel qui la rendait chrétienne , je lui fis faire le signe de la croix et je lui dis :

— Angélique, ma sœur, vous êtes maintenant chrétienne !

— Quel bonheur ! et c'est à vous encore que je le dois !

La reine mourut; pendant la nuit. Je veillai auprès d'elle avec ses femmes, et, vers minuit, elle put me reconnaître, elle me dit d'une voix bien faible :

— Adieu, mon ami, adieu. Elle me tendit sa main, qui se glaça dans la mienne. Son âme retournait vers Dieu !

Ne pouvant plus supporter la vue de ce séjour, je résolus d'en sortir au plutôt.

X

J'appelai Za; il arriva près de moi presque aussitôt.

Vous avez du chagrin, me dit-il, et je comprends que vous désirez quitter ces lieux. Où voulez-vous aller ?

— Sur la planète de Flore, lui répondis-je.

— C'est bien, vous y serez en un instant; car elle n'est pas éloignée d'ici.

Nous y arrivâmes effectivement deux minutes après.

Lorsque nous fûmes près de cette planète, Za me dit :

— Cet édifice que vous apercevez est la résidence de la reine Flora, souveraine de cette planète, regardez près de son palais, vous remarquerez un berceau couvert de larges feuilles émaillées de fleurs ; en ce moment, la reine est assise sous ce berceau, où ses nymphes lui présentent des corbeilles et des fleurs ; d'autres chantent les louanges de leur souveraine ; leurs charmants accords sont accompagnés par des instruments qui produisent une douce et agréable mélodie.

» C'est devant cette souveraine que je vais vous déposer ; votre apparition subite la surprendra, sans aucun doute ; mais ne vous troublez pas, ne vous éffrayez de rien, je serai près de vous.

Ces mots étaient à peine prononcés que déjà j'étais aux pieds de la reine Flora, qui jeta un cri d'effroi en me voyant.

— Soyez sans crainte, grande reine, je ne vous

veux aucun mal, au contraire; je suis un homme
qui vient de trente millions de lieues pour visiter votre planète, et qui espère obtenir un favorable accueil
de Votre Majesté?

— Vous m'y voyez disposée, me dit la reine, mais
d'où venez-vous? qui êtes-vous? pour quel motif ve
nez-vous dans mes états?

— Grande reine, je viens de la terre, qui est une
planète comme la vôtre; je suis un homme toujours
occupé à la recherche de la science; j'ai pensé que
votre planète devait produire des fleurs que nous ne
connaissons pas; mon dessein est donc d'acquérir la
connaissance des fleurs que vous possédez ici, de les
dessiner et de les peindre, si je puis me procurer des
couleurs.

— Quoi ! vous savez dessiner et peindre? me dit-
elle, mais ce que vous m'apprenez de vos talents me
cause le plus grand plaisir, et pourriez vous m'enseigner ces arts?

— Sans doute, Madame, si Votre Majesté en a le
désir.

—Si j'en ai le désir, dites-vous ! mais ce serait un

bonheur ! Nous avons en vain essayé à dessiner nos fleurs, nous n'avons pu y réussir; c'est qu'il y a pro- bablement des moyens à employer que nous ne con- naissons pas.

— Votre remarque est fort juste, Madame, ces moyens consistent dans la connaissance de la régle des principes.

— Et vous connaissez ces régles, ces principes ?

— Parfaitement, Madame.

— Et vous aurez la bonté de me les enseigner ?

— Je m'en ferai un devoir.

— Quelle expression employez-vous là ? j'aurais préféré que ce fût par amitié.

— Votre majesté me fait beaucoup d'honneur, et je saurai reconnaître ses bontés pour moi par mon entier dévouement.

— C'est très-bien, mon ami, je vois en vous un homme doué de sentiments distingués, et dès ce moment vous êtes l'hôte du palais; je vais vous y faire préparer un appartement, où l'on vous servira tout ce qui vous sera nécessaire. Vous indiquerez l'heure pour vos repas, vous choisirez dans votre appartement la pièce la plus convenable pour en faire votre cabinet et votre atelier. Vous viendrez dîner aujourd'hui avec moi, afin que chacun sache le cas que je fais de vous, que vous possédez mon estime.

— Merci, madame, ma conduite vous prouvera que je la méritais.

— J'en suis persuadée, mon ami; maintenant comment ferons-nous pour les leçons de dessin et de peinture?

— Nous commencerons par le dessin, qu'il faut bien connaître avant d'aborder la peinture ; dès la première leçon, Votre Majesté comprendra de quelle importance il est de savoir le dessin avant de commencer la peinture : une peinture, quelque soignée qu'elle soit, est toujours détestable si le dessin en est mauvais; un bon dessin, fait simplement au crayon noir, est mille fois préférable à une mauvaise peinture.

— Bien ! mon ami, je suivrai exactement vos instructions.

6.

— Ce sera pour votre bien, car Votre Majesté comprendra promptement de quelle importance est le dessin par les progrès rapides qu'elle fera lorsqu'elle commencera la peinture.

J'allai dîner avec la reine ; sa réception fut des plus gracieuses, et témoignait en même temps de sa déférence pour moi ; on me regardait avec curiosité, les uns avec bonté, d'autres d'un œil jaloux ; la reine avait donné à chacune de ses nymphes le nom d'une fleur, qu'il faut traduire par primevère, pensée, clématite, violette, paquerette, marguerite, giroflée, jacinthe, églantine, rose, hortensia, volubilis, tulipe, lis, héliotrope, jasmin, camélia, dahlia.

Le nombre de ses nymphes n'était pas fixé, elle en avait trois pour lesquelles elle avait plus d'affection : elles étaient ses confidentes ; elle leur confia donc que je savais dessiner et peindre, et que je lui donnerais des leçons pour appendre cet art ; leur joie fut grande, et elles témoignèrent à la reine le désir qu'elles avaient de recevoir aussi de mes leçons.

—Je ne sais, mes chères amies, s'il lui conviendra de vous en donner, mais je lui en parlerai, et je vous instruirai de ce qu'il me répondra.

Bientôt tout le troupeau de ces jolies nymphes eurent le même désir lorsqu'elles surent que je commencerais bientôt de donner de mes leçons à la reine, qui vint me voir et visiter mon appartement pour savoir si j'avais quelque changements à faire?

Je ne demandai qu'un rideau pour obtenir le degré de lumière qui m'était nécessaire.

—On va vous le poser, me dit-elle. Quand voulez-vous commencer mes leçons?

— Quand il plaira à Votre Majesté; mais ce qui nous manque ce sont des crayons.

— J'en ai, et je pense que vous pourrez vous en servir.

La reine vint le lendemain, et me fit apporter tous les objets dont elle se servait pour dessiner. On comprend d'avance que rien de tout cela ne pouvait me servir : c'était une espèce de papier en usage dans le pays, qui, à la rigueur, pouvait servir pour le trait, et des pierres tendres de diverses couleurs pour servir de crayons; je taillai quelques-unes de ces pierres en leur donnant la forme de crayons, et la leçon commença. Je priai le reine de me dessiner un vase que je plaçai devant elle sur la table, et dans lequel je mis une fleur, c'était un lis; elle commençait par la fleur, je la fis commencer par le vase; elle commençait par l'ouverture du vase, je lui fis tirer une ligne perpendiculaire à la ligne horizontale et ensuite diviser le vase par méplats, c'est-à-dire indiquer les plans du col, du corps et du pied du vase, et ensuite indiquer les contours du vase aux plans indiqués, en commençant par la gauche; elle fit ce que je lui disais, et comprit aussitôt le grand avantage et la facilité que l'on trouve à suivre les règles d'un art; elle tremblait de joie d'avoir pu tracer en si peu de temps et aussi correctement un vase.

— Que je suis contente, mon ami, vous venez en un instant de me faire comprendre l'importance qu'il y a de connaître et de suivre les principes d'un art, je comprends aussi qu'on ne doit pas aborder la peinture avant de connaître parfaitement le dessin.

» Je vous remercie, mon ami, de cette bonne leçon, qui est pour moi d'une grande importance.

— Maintenant j'aurais une chose à vous demander,
peut être bien indiscrète de ma part.

— Parlez, Madame, et si ce que vous avez à me
demander est en mon pouvoir, vous me trouverez
disposé à satisfaire votre désir.

— Que vous êtes bon, mon digne ami ! eh bien !
si vous le voulez, nous irons visiter Florina, qui est
la ville capitale de mon royaume, ce qui vous fera
connaître une petite partie de mon royaume, et pendant ce petit voyage je vous dirai ce que j'ai à vous
demander.

—J'accepte votre offre avec grand plaisir, dis-je
à la reine, car je désirais connaître l'intérieur de
votre planète.

— Si ce voyage vous intéresse, nous pourrons, si
vous le désirez, aller, le lendemain, à Floresca, qui
est la seconde ville de mon royaume.

— Très-volontiers, Madame, je vous suivrai partout où vous voudrez.

Ce que la reine avait à me demander m'inquiétait,
c'était une vague inquiétude, il est vrai, mais cependant qui troublait mon esprit. Je partis donc, le
lendemain, avec la reine, dans sa litière, portée par
deux petits chevaux.

XI

Je ne vis rien de remarquable dans la route que nous suivions, si ce n'est que presque toute la campagne était couverte de fleurs qui embaumaient l'air, mais peu de sites pittoresque, rien autre que des fleurs. J'aime beaucoup les fleurs, mais ne voir partout que la même chose devient fastidieux. Nous arrivâmes à Florina, que la reine voulut traverser incognito. Cette ville est assez jolie, mais n'a rien qui soit digne d'être remarqué ; mous revînmes le même soir à la résidence. Pendant ce petit voyage, 'a reine ne me parla pas de la demande qu'elle avait à me faire, je ne la provoquai pas ; je pensai que ce serait pour le lendemain. Le lendemain, nous allâmes à Floresca. La campagne était à peu près la même que celle que j'avais vue la veille, et toujours des fleurs. La reine était pensive, enfin elle me dit :

— Mon ami, voici ce que j'avais à vous communiquer. Vous savez que parmi mes nymphes, il en est trois pour lesquelles j'ai une prédilection marquée ; je leur ai confié que je recevais des leçons de dessin de vous, elles en ont parlé à leurs compagnes, et plusieurs d'entre elles désireraient recevoir de vos précieuses leçons : qu'en pensez-vous ?

Je reçus cette confidence assez froidement et je lui répondis :

— J'y réfléchirai, Madame, et demain je vous ferai connaître ma réponse. Comme je ne me souciais pas de donner des leçons à d'autres qu'à la reine, je pris le parti le plus prudent, celui de m'éloigner. J'appelai Za, qui arriva aussitôt, il me dit :

— Je sais ce qui vous occupe et le parti que vous avez pris, je ne puis que l'approuver. Où voulez-vous aller ?

— Sur la planète Parthénope, lui dis-je.

— C'est très-bien, nous partirons demain matin, préparez-vous, couchez-vous tout habillé et, au lever du soleil, je vous éveillerai en vue de Parthénope.

Je remerciai mon bon génie, et il disparut ; je me préparai, je mangeai un peu, et je me couchai tout habillé, ainsi que me l'avait dit mon bon génie. Il m'éveilla au lever du soleil en vue de Parthénope.

— Regardez, me dit-il.

— Je regardai, et je fus bien étonné de voir une planète dont la topographie ne m'était pas inconnue ; plus je regardais et plus je reconnaissais des sites que j'avais parcourus autrefois : la ville que j'apercevais me rappelait des souvenirs, je reconnaissais quelques monuments, ou du moins je croyais les reconnaître, car ce ne pouvait être qu'une illusion, puisque je n'étais jamais venu sur cette planète ; c'était peut-être une espèce de mirage comme cela existe dans les déserts et même sur la mer, je ne

Le Songe.   7

savais quelle conjecture était la plus probable ; enfin, las de conjecturer, je me déterminai à attendre.

Mon bon génie voyait sans doute ce qui se passait en moi, car une voix douce me dit :

— Tout ce que vous voyez agite votre esprit, mais, soyez tranquille, vous connaîtrez bientôt la réalité : voyez-vous un grand cortége qui accompagne une femme vêtue de riches habits ?

— Oui, lui répondis-je.

— C'est la reine Partha, qui va faire une promenade sur le bord d'un golfe que vous devez apercevoir ; c'est là devant elle que je vais vous déposer ; vous répondrez aux questions qu'elle vous fera, son organe est un peu dur, mais cela tient à la langue de cette planète car la reine est bonne, et elle vous fera, j'espère, un bon accueil : du reste, comme toujours, ne vous inquiétez de rien, je serai près de vous.

En ce moment une musique délicieuse se fit entendre, elle venait du cortége, et mon bon génie me déposa à terre juste devant la reine ; mon apparition aussi subite lui causa une certaine frayeur et arrêta la marche du cortége.

—Que me voulez-vous? qui êtes-vous?

— Grande reine, répondis je, je viens dans votre royaume pour m'instruire et pour m'assurer de la réalité des choses que je n'ai vues qu'à trente millions de lieues de votre planète.

— Que dit-il? demanda-t-elle aux grands personnages qui étaient auprès d'elle. Il est fou, je crois.

— Non, grande reine, je ne suis pas fou, je vous dis la vérité.

—Mais comment cela est-il possible?

Un personnage s'était approché de la reine et, à ses gestes, qui sont fréquemment employés dans ce pays-là, je crus remarquer qu'il lui parlait de moi, car il me regardait souvent et avec intérêt ; peut-être me prenait-il pour un astronome ou au moins pour un homme instruit dans l'astronomie? La reine me dit:

— *Siete il ben venuto, Signore*; vous serez logé dans mon palais, et j'irai vous voir pour avoir l'explication des choses que vous m'avez dites et qui piquent ma curiosité.

Le reine paraissait bonne; je pensai que mon séjour près d'elle me serait agréable et utile.

La reine vint me voir le lendemain, et s'informa comment je me trouvais dans mon appartement, et si j'étais bien soigné, si je ne manquais de rien.

— Je me trouve parfaitement ici, grande reine, et je n'ai qu'à remercier Votre Majesté des bontés qu'elle a pour moi.

— Mais dites-moi, Seigneur, comment vous avez pu découvrir mon royaume à la distance de trente millions de lieues; cela me paraît impossible, excite ma curiosité ainsi que celle des personnages qui vous ont entendu?

Alors je dis à la reine que c'était au moyen de lu-

nettes et de télescopes, dont je lui donnai l'explica
tion ; la reine montrait une grande surprise en m'é-
coutant, et ne l'exprimait que par ces paroles d'éton
nement.

— *O che cosa bella, o che maraviglia* ! Et dites
moi, *caro mio*, vous serait-il possible de vous procurer de pareils instruments

» Je serais bien charmée de voir des choses d'aussi
loin.

» Un des personnages qui vous a entendu à
votre arrivée m'a dit que vous paraissiez avoir des
connaissances *astronomia*. Qu'est-ce que cette
sciences ?

— C'est la connaissance des astres.

— Et vous la possédez ?

— Oui, Madmae.

— *Va bene*; venez aujourd'hui dîner avec moi, et,
après le dîner j'aurai bien du plaisir à vous en-

7.

tendre causer avec ces personnages, et peut-être que les connaissances que vous possédez leur seront utiles.

— Je le désire, Madame, et je serai bien satisfait d'avoir pu vous être agréable en quelque chose.

— *Benissimo mio caro*, on viendra vous prévenir à l'heure du dîner, *sitate pronto. Si mostra io lo saro.*

Un des officiers de la reine vint me prévenir, et je descendis aussitôt. La reine me reçut avec distinction, et me fit placer auprès d'elle. Quoique flatté de cette préférence, je craignis qu'elle n'excitât la jalousie des grands qui assistaient au dîner; cependant, au dessert, les fronts se déridèrent; la reine avait de la gaîté unie à beaucoup d'esprit naturel : elle avait derrière elle deux de ses filles d'honneur pour la servir; une d'elles me regardait avec une attention soutenue et paraissait examiner tous les convives; elle trouva l'occasion de me dire : *Ho da parlavi, do poprenso.* Que pouvait-elle avoir à me dire? Après le dîner, comme chacun se retirait, et que la reine était accompagnée par les grands personnages, elle saisit un moment où elle ne pouvait être remarquée et me dit : *Badate*. Je la regardai avec surprise : qu'avais-je à craindre? Elle m'indiqua du geste un passage et me dit : *Siguitemi*. Je la suivis, et lorsqu'elle vit qu'elle pouvait me parler sans crainte d'être aperçue des grands, elle me dit : Les marques de distinction que vous recevez de la reine ont éveillé la jalousie des grands, soyez prudent; et ne sortez jamais sans être armé d'un stylet; c'est l'arme offensive et défensive de ce pays, car il est à craindre qu'on ne cherche à vous assasiner. Je remerciai cette charmante fille, et elle disparut rapidement. Ce que je venais d'apprendre me donna à penser, et je résolus de me procurer un stylet ; mais à qui m'adresser pour avoir cette arme ? Le domestique qui me servait et qui paraissait m'être attaché, me parut propre à remplir cette tâche, et je lui en parlai dès le même soir ; mais pour acheter, il me fallait de la monnaie du pays, et je n'avais que celle de France ; je vidai ma bourse, et, à ma grande surprise, il en tomba quelques petites pièces d'or dont je ne connaissais pas la valeur ; j'appelai mon domestique :

— *Gennaro*, lui dis-je, je désirerais avoir *uno stiletto*.

— Sera facile, *Excellenza*.

— Combien vaut un stylet?

— *Se condo la grandezza et la bellazza.*

— J'en voudrais un simple pour porter sous mon habit.

— *Un buone stiletto, costera due ducati con lo stucio.*

Je tirai ma bourse et lui demandai quelles étaient ces petites pièces d'or?

Il me répondit :

— *Sono ducati.*

J'en pris deux, que je lui donnai pour acheter le stylet, et lui en donnai un pour garder le secret. Il m'apporta un stylet dans sa gaîne, qui me convenait parfaitement, et je le mis sous mon habit et avec l'intention de le porter toujours sur moi, parce que je voyais dans l'avertissement de la jeune fille et les pièces d'or que j'avais trouvées dans ma bourse, un autre avertissement de mon bon génie, qui sans doute approuvait cette mesure prudente.

XII

Cependant cette existence d'être toujours sur le qui-vive me devint insupportable, et je résolus de continuer mon voyage et de le terminer au soleil; je n'étais pas tenté d'aller chez Jupiter, Saturne, Uranus et Neptune; ces froides régions me faisaient trembler d'avance. Mais avant de quitter la planète Parthénope, je désirais connaître la ville capitale et ses environs; je me dirigeai donc, un matin, vers cette capitale, et je rencontrai sur la route une voiture légère qui allait de ce côté ; cette voiture était une sorte de cabriolet appelé *coricoli.*

J'arrivai en peu de temps devant cette grande ville, dont la vue me causa un grand étonnement, parce qu'il me sembla que je la connaissais ; ses monuments, que je voyais de loin, je les avais vus certainement, mais où, je ne pouvais parvenir à me le rappeler.

Arrivé à la ville, je dis à mon conducteur de me conduire dans le meilleur hôtel, et il me conduisit à l'hôtel *del Sole, sulla piazsa del Sole ;* ce fut alors que mon étonnement fut à son comble ; j'étais dans une ville toute semblable à celle de Naples, j'étais dans le même hôtel, dans le même appartement que j'avais occupé vingt ans avant, j'étais dans cette ville que j'aimais tant et dont tous les environs avaient tant d'attraits pour moi ! Je ne perdis pas un instant, je sortis armé de mon stylet, et je me dirigeai vers *Chiaja,* en passant vers le beau théâtre San-Carlo, et je ne tardai pas à arriver *al giardino reale,* au bout duquel est la grotte du Pausilippe ; je m'arrêtai à l'entrée de la grotte, auprès du tombeau de Virgile.

surnommé le Cygne de Mantoue, où il est né. Il fut, dit-on, élève de Parthénius.

Parthénope était une syrène dont le corps fut trouvé sur le rivage de la mer ; une colonie grecque vint s'établir sur ce rivage, appelé aujourd'hui *golfe de Naples* ; ils y fondèrent une ville, qu'ils nommèrent *Neapolis* ou *Neopolis*, ce qui signifie nouvelle ville ; elle a reçu le nom de Napoli en italien, emprunté sans doute à Napoli, ville de la Grèce. Les Français l'appellent Naples. Assis près du tombeau de Virgile, au moins à la place qu'il occupe réellement à Naples, j'avais devant moi toute la longueur du golfe, de ce beau golfe semblable à celui de Naples, et pour horizon le Vésuve et la Somma, au pied du Vésuve ; j'admirais une jolie ville semblable à Portici, à ma gauche, le fort Saint-Elme, et à droite, une île semblable à celle de Caprée, célèbre par les honteuses débauches de Tibère, qu'il appelait ses délices. Je pris un coricoli pour visiter les environs de la capitale de Parthénope, j'y recueillis quelques souvenirs de ma jeunesse, par la ressemblance de quelques sites à ceux des environs de Naples, ou au moins je prenais plaisir à me figurer que cette ressemblance existait. Satisfait de cette promenade, je dis à mon conducteur de me reconduire au palais de la reine. Là je pensais à tous les ennuis, tous les tourments qui m'attendaient, occasionés par la jalousie des grands, et je pris la ferme résolution de m'en éloigner. J'appelai Za, et je lui dit que j'avais l'intention de quitter Parthénope pour aller visiter le Soleil.

— Très-bien, me dit-il, nous partirons demain matin, au point du jour ; couchez-vous tout habillé , comme de coutume, et en peu de temps nous arriverons au Soleil ; mais vous ne pourrez pas y faire un long séjour, car quoique le Soleil ait ses habitants, vous ne pourriez pas vivre avec eux; contentez-vous de le visiter pour votre instruction, et dans la même journée nous en partirons pour aller où il vous plaira.

— Ce sera pour la France, lui dis-je, ma chère patrie, où j'ai laissé une sœur chérie que je suis pressé de revoir, qui, sans doute, est dans l'inquiétude et attend mon retour avec impatience, car elle ne sait pas où je suis.

Je me couchai tout habillé, et le lendemain matin,

Za me déposa sur le bord du centre du Soleil, devant cet immense océan de feu, que je considère comme étant une substance ignée, dont la chaleur monte à la photosphère, d'où partent les rayons du Soleil ; c'est sur le bord de cette mer de feu que mon bon génie me déposa, et j'y restai sans être incommodé de la chaleur, parce que j'en étais garanti par les taches du Soleil, dont quelques-unes sont d'une fort longue étendue. J'étais assis et contemplais cet immense foyer que j'avais devant les yeux, ce qui me les fatiguait un peu ; je les tournai d'un autre côté, et j'aperçus deux hommes qui me virent, mais ils ne firent aucune attention à moi : ces hommes étaient d'une énorme corpulence et aux membres musculeux, ils étaient nus, leur peau était rougeâtre ; cette vue me rappela les deux Patagons que j'avais vus en Amérique et à peu près de la même taille, que l'on dit être de sept pieds, mais il faut remarquer que le pied n'a que onze pouces. Ces deux hommes s'éloignèrent de moi ; resté seul, et éprouvant le besoin de prendre un peu de nourriture, je demandais comment je pourrais apaiser ma faim, lorsqu'à peu de distance j'aperçus une corbeille, que je m'empressai d'aller visiter. Quel bonheur ! elle était remplie de provisions, c'était une attention que, sans aucun doute, je devais à mon bon génie, et je m'écriai : Za, je vous remercie. N'ayant plus rien à voir dans le Soleil, je l'appelai, et je lui dis que je désirais retourner en France, à l'endroit même d'où il m'avait enlevé lors de mon départ.

— Et quand voulez-vous partir ?

— Quand il vous plaira, lui répondis-je.

— A l'instant même, et vous coucherez chez vous ce soir.

J'y étais, en effet, et sans qu'on se fût aperçu de mon absence.

FIN

Limoges. — Imp. Marc BARBOU et Cⁱᵉ.

† B. JOSEPH. LEBŒUF

, Limoges. — Marc BARBOU et Cⁱᵉ, imprimeurs de l'Évêché.
126

www.ingramcontent.com/pod-product-compliance
Lightning Source LLC
Chambersburg PA
CBHW060825250626

47162CB00005B/1942